商伟

題寫名勝

从黄鹤楼到凤凰台

生活·讀書·新知三联书店

图书在版编目（CIP）数据

题写名胜：从黄鹤楼到凤凰台 / 商伟著. —北京：生活 · 读书 · 新知三联书店，2020.1
（重读唐诗）
ISBN 978－7－108－06701－2

Ⅰ. ①题… Ⅱ. ①商… Ⅲ. ①唐诗－诗歌研究 Ⅳ. ① I207.227.42

中国版本图书馆 CIP 数据核字（2019）第 181092 号

责任编辑 杨 乐
装帧设计 蔡立国
责任印制 宋 家
出版发行 生活·讀書·新知 三联书店
（北京市东城区美术馆东街 22 号 100010）
网 址 www.sdxjpc.com
经 销 新华书店
排 版 北京金舵手世纪图文设计有限公司
印 刷 北京图文天地制版印刷有限公司
版 次 2020 年 1 月北京第 1 版
2020 年 1 月北京第 1 次印刷
开 本 880 毫米 × 1092 毫米 1/32 印张 7.25
字 数 120 千字 图 39 幅
印 数 0,001－8,000 册
定 价 49.00 元
（印装查询：01064002715；邮购查询：01084010542）

目 录

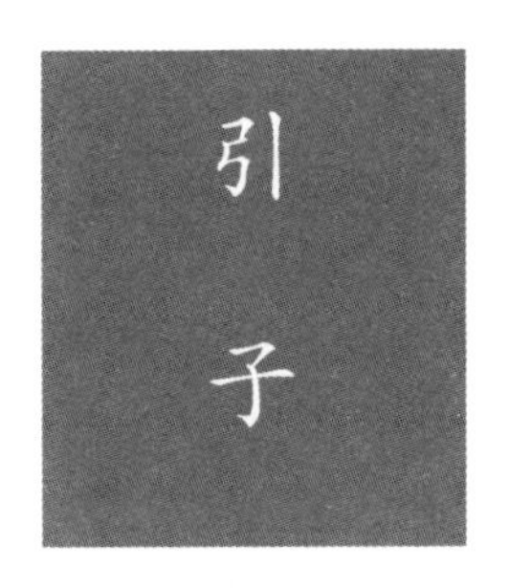

引子

李白的《登金陵凤凰台》和崔颢的《黄鹤楼》，几乎家喻户晓，无人不知。我就从这两首熟悉的作品着手，来考察一下初盛唐时期题写名胜的诗篇及其相关问题。

因为涉及名胜，这类诗篇通常与登览、宴饮、访古和行旅等场合相关。与此相应，对题写名胜的作品也可以做出狭义和广义的理解：狭义的定义专指以名胜为题的作品，广义的外延覆盖了与名胜相关的场景，包括赠答和送别之作等等。我在这里主要采用狭义的说法，但狭义与广义的作品之间有时也难以严格区分。例如，有的题写名胜的诗篇同时就是赠答之作。从写作方式来看，题写名胜可以一并归入即景诗或即事诗的范畴。其中有的作品是题写在壁上的，与题壁的书写行为和物质条件紧密关联，具有潜在的表演性和展示性。这些因素都需要在解读文本时，予以特殊的考虑。

名胜是一个宽泛的概念，从历史名迹到风景胜地，都包括在内。不言而喻，名胜离不开文字书写：一处地点总是通过书写来指认、命名、界定和描写呈现，并因此而成其为名胜的。而书写的名胜也同时构成了文本化的风景。人们往往在诗歌中遇见名胜，无论是否亲临其地。

为什么从唐诗入手来讨论题写名胜这个话题呢？题写名胜固然并非始于初盛唐，但这一时期的重要性却是前所未有的。伴随着南北统一所带来的地域版图的拓展，历史名迹得到了普遍的确认或被重新确认，此外还出现了新的名胜和地标建筑。这给诗歌写作带来了前所未有的机会，并以一种不可替代的方式参与了诗歌全盛时代的缔造。的确，如果剔除掉题写名胜的诗篇，以及与名胜有关的诗篇，我们所熟知的唐诗便立刻面貌大异，诗歌的黄金时代也为之黯然失色。

值得强调的是，诗歌题写不仅造就了名胜风景，还反过来塑造了初盛唐的诗坛版图。在标志着名胜的诗坛版图上，遍布了诗人的足迹。他们因为题写名胜而闻名诗坛，并在其中赢得一席之地。题写名胜的诗篇同时参与绘制了当时的名胜版图与诗坛版图，因此具有双重的意义和功能。

严格来说，诗歌题写的名胜版图，正是在唐代成形的。它的背后隐含了一部唐代诗歌史，不仅涉及空间的维度，同时也包括一个时间的维度。由于诗人的唱和应答，以及后来者的反复题咏，自唐代开始，每一处重要的名胜都形成了一个诗歌题写的系列，而每一个系列就是一部微型的或微缩版的诗歌史。它细致入微地展现了诗歌史生成、演变的过程与方式，也让我们了解到，初盛唐诗，乃至整个唐诗的历史地位，是如何通过后人的回顾视野而建构起来的。就时间而言，题写名胜之风自初唐而日渐兴盛，但诗歌造就的名胜版图之所以得以确立，又有赖于后来者对先行者的选择与认可。这些后来者包括唐代之后的诗人，也包括了唐代的诗人。

从李白的《登金陵凤凰台》着手，我们可以看到他是如何模仿崔颢的《黄鹤楼》并与之竞争的。这个例子提供了切入盛唐诗坛的一个路径，让我们直接感受诗人的压力与动力、体察他所受的影响与面临的挑战。李白在与其同代诗人的竞争中感到了压力。这正是来自先例的压力，也就是先行者对迟到者造成的压力。对于李白来说，先例不再只是写作的资源和灵感的渊薮了，它开始变成一个负担。这一变化决定了迟到者通过诗歌写作对先行者采取新的、不同的回应方式。与此相应，出现了这样一个情况：尽管每一处名胜题写的先行者都占据了天时地利，但这却未必能够保证他在这一诗歌题写系列中拥有奠基者的地位。奠基者只能在一个回顾的视野中，经由迟到者的选择而产生出来并获得承认：迟到者选择了一位先行者，通过与之竞争为自己争取一席之地，同时又反过来帮助确定了先行者无可取代的历史地位。

沿着李白所提供的这条线索前后推延，一路上会遭遇许多相互关联的理论问题：从文本化的名胜是如何构造出来的，到题写名胜面对哪些挑战，又引起怎样的回应。更重要的问题是，应该如何重新理解和重新估价古典诗歌的写作实践与批评话语，尤其是即景诗或即事诗的理想范式和经验基础。所谓即景诗或即事诗也就是“场景诗或场合诗”（occasional poetry），涉及各种场景或场合，如羁旅、出征、赠别、宴饮等等，当然也包括与题写名胜相关的登临游览。就即景诗而言，最值得注意的是即景题咏的假定和在场写作的预期，因为这些假定和预期暗含了重要的价值判断：唯有亲临现场，触景生情，当即写作，才能确保登览题诗作为即兴创作的真诚性（authenticity）与未经媒介的直接性（immediacy）。

显然，所谓即景诗的模式并不限于一个主题或一种类型，而是涉及中国古典诗歌的一些核心问题：古典诗歌所呈现的世界究竟是写实性的，还是虚构性的，是直接出自作者的观察与经验，还是虚拟和想象的产物？它与作者生活其中的经验世界，构成了怎样的一种关系？二者之间是否存在着内在的同一性和连续性？[1]落实到题写名胜的诗歌上，我们应该借助什么概念框架，来讨论诗与物、题写与名胜的关系？

即景诗的假设与判断构成了一个规范性（normative）的理想命题，而规范性的理想命题显然又无法有效地解释诗歌实践的多样性与丰富性，也难以回答诗歌实践所提出

〔1〕这里所说的“虚构”，主要是就诗歌表达的内容与作者的经验世界的关系而言，不应与小说戏曲中的“虚构性”等量齐观，或混为一谈。有关的论述与争议，在中、英、日文的学术著作论文中，已多有所见，此不赘言。

的各种问题与多方挑战。实际上，在诗歌阅读中，我们不得不经常处理缺席写作的情况与诗歌作品的互文性现象。与此相关的问题还包括观察与虚构、创造与模仿、竞争与因循、文字书写与物质文化，以及诗歌题咏与题咏对象之间的关系等等。

这些问题纷至沓来，但又自有内在的理路可循，环绕着古典诗歌范式的核心特征而展开。因此，我希望一方面把握问题的脉络，另一方面梳理文学史的线索，最终在论述中达成历史与逻辑的统一。尤其值得强调的是，上述问题是从文学史上题写名胜的诗作生发而来的。事实上，许多重要的观念和命题都来自诗歌自身，或蕴含在诗歌的形象化的表述中。通过解读诗歌的文本，将这些观念和命题勾勒出来，串联成有迹可循的思路，并揭示其背后的深层寓意，也就是在从事文学批评史的研究。以此为基础来探讨诗论与文论的相关问题，便有可能将作品的细读，与文学史的叙述和文学批评的论述综合起来，融为一个有机的整体。

这是一个理想的目标，虽不能至，心向往之。就让我们从具体作品的细读出发，看一看这次旅行最终会将我们带向何方，一路上又会有哪些收获。

一

《登金陵凤凰台》

李白与崔颢的竞技

首先来读一下李白（701—762）的《登金陵凤凰台》这首诗：

> 凤凰台上凤凰游，凤去台空江自流。
> 吴宫花草埋幽径，晋代衣冠成古丘。
> 三山半落青天外，一水中分白鹭洲。
> 总为浮云能蔽日，长安不见使人愁。[1]

关于这首诗的写作时间，有不同的说法。通常认为是作于李白的晚年，即761年，也就是他过世的前一年。那时安史之乱尚未平息，政局依旧动荡。所以最后一联的浮云蔽日，长安不见，从这个角度来看，就不只是一个眼前看到的风景，还是一个隐喻，暗含了对时局的忧虑，也表达了故国长安之思。另一个说法是这首诗写于李白744年遭谗言，被赐金还山之后，具体的写作时间大致是747年。[2]在这个语境里，浮云蔽日的政治寓意，也不难理解，甚至更为恰当，因为它出自汉代陆贾的《新语》："邪臣之蔽贤，犹浮云之障日月也。"[3]看起来还是747年的可能性更大一些。李白最早一次游金陵，是725年至726年。747年之

---

〔1〕见［唐］李白著，郁贤皓校注：《李太白全集校注》第6册（南京：凤凰出版社，2015年），卷18，页2618。

〔2〕关于这首诗的系年，见［唐］李白著，郁贤皓校注：《李太白全集校注》第6册，卷18，页2619。

〔3〕［汉］陆贾：《新语·慎微》，收于张元济主编：《四部丛刊初编》第320册（上海：商务印书馆，1922年），页14。

后的三年，他基本上就在这一带逗留，也留下了不少诗篇。除了这首之外，还有一首写到了金陵凤凰台，题目是《金陵凤凰台置酒》，作于748年前后。

我这里所关心的，是这座凤凰台与诗歌题写的关系。

从题材来看，这首诗属于“登临”“游览”类。《千载佳句》卷上作《题凤台亭子》。因为是登览名胜，自然包含了“题咏”之意。是否题写在了凤凰台上？不排除这种可能性，但无法求证。题目上的这座金陵凤凰台究竟是一个怎样的所在？又是如何得名的呢？

最早的相关记载见于《宋书・符瑞志》中篇，讲的是南朝宋文帝元嘉十四年（437）三月，有二鸟集于秣陵民王颛园中李树上，看上去十分奇异，大如孔雀，文采五色，于是被指认为凤凰。我们知道凤凰本无其物，但因为表示祥瑞，扬州刺史彭城王义康闻之大喜，就上报给了朝廷。结果呢？“改鸟所集永昌里曰凤凰里”，[1]凤凰之名，由此而来。但文中说的是“凤凰里”，并无一字提到凤凰台。

事实上，在李白之前，似乎没有看到题写凤凰台的诗作。或许有过，但没有流传下来，也没有产生什么影响。南宋的一位文人林希逸甚至说：“凤凰台著名，以李翰林诗也。”[2]他

〔1〕［梁］沈约：《宋书・符瑞志》（北京：中华书局，1974年），卷28，页795。

〔2〕［宋］林希逸：《秋日凤凰台即事》，收于［宋］林希逸：《竹溪鬳斋十一稿续集》，收于［清］纪昀、永瑢等编：《景印文渊阁四库全书》第1185册（台北：台湾商务印书馆，1983年），卷7，页627。

强调的是，凤凰台之所以成名，正是因为李白的题诗，而不是相反。这句话当然也可以做更宽泛的理解，借用清人赵翼（1727—1814）评论崔颢《黄鹤楼》的话来说，正是“楼真千尺回，地以一诗传”。[1]这就把我们引到了这里讨论的题目上，那就是“题写名胜”。至少可以说，名胜因为诗歌题写而成其为名胜。诗歌参与创造了名胜，也包括名胜周围地点和建筑的命名，后面还会读到其他的例子，这是第一点。第二点，李白也因为这首《登金陵凤凰台》诗，而在这一名胜之地，署上了自己的名字。他以这样的方式一劳永逸地占领了金陵的凤凰台，获得了对它的永久性的拥有权。后来的诗人写到凤凰台，都不得不直接或间接地提到李白的这篇诗作，并向他致敬。

回过头来看这首诗，也不难发现它所关注的核心，正在于名与物，或名与实的关系。体现在诗人的视觉观照当中，就变成了见与不见、有与空、今与昔之间的一系列对照。这里有凤凰台，但凤凰早就消失在诗人的视野之外，变成了一段历史传说。所以，名与实不能共存，二者失去了统一性。在这首诗里，浮云蔽日，三山半落；花草掩埋了幽径，从前的衣冠人物早已变成了土丘。遮蔽掩盖，还有因为时代变迁而导致名实不符——这是诗中重复出现的两个母题。李白在“花草”前面加上了“吴宫”，把自然现

〔1〕［清］赵翼：《题黄鹤楼十六韵》，收于［清］赵翼：《瓯北集》（上海：上海古籍出版社，1997年），页417。

象定义为历史现象；它变成了一个专用名词，专属于那个朝代。但是在这里，历史与自然发生了奇异的对换，名实之间也无法达成一致：正像晋代的衣冠变成了今人眼中的古丘，变成了自然景物的一部分，这里的花草也早已看不出三国时期吴国宫廷的繁华风流，被它掩埋的宫廷花园，甚至连路径都无从辨认了，名存而实亡。

类似的情形，同样见于凤凰台自身。所谓“凤去台空江自流”，“台”固然还在那里，但却“空”有其名。“台空”并不是台上真的空无一物，而是说凤凰台所指称的凤凰早就离开了，而且再也没有回来。因此，凤凰台这一称谓就失去了它的所指而被抽空了内容。“凤凰台上凤凰游”，原是一次性的久远事件，无法重复，也不可逆转。称之为凤凰台，就跟“吴宫花草”一样，只是见证了时间的流逝与人世的代谢。在这里，命名既是对过去事件的一次纪念，也是对当下阙失的一个补偿。

在《登金陵凤凰台》中，唯有长江之水，看上去从来如此，时间对它不起作用。但长江之水也在不停地流动，并非亘古不变。李白真正想说的是，长江的流水对周围的世界，无论是朝代的陵替，还是自然界的变迁，都熟视无睹，似不关心。“凤去台空江自流”的这个“自”字，点出了江水的无动于衷或浑然不觉。它向来如此，也终将如此。凤凰来也好，去也罢，都与它无关。

提起李白的《登金陵凤凰台》，大家马上就会想到崔颢的《黄鹤楼》，并且把它们对照起来读。李白凭着一篇《登金陵凤凰台》占据了凤凰台这一处名胜，或者说，创造了这一处名胜。但是同崔颢题写黄鹤楼相比，李白却是后来者、迟到者。他的《登金陵凤凰台》是对《黄鹤楼》的模仿，以下就是《黄鹤楼》诗后世通行的一个版本：

昔人已乘黄鹤去，此地空余黄鹤楼。
黄鹤一去不复返，白云千载空悠悠。
晴川历历汉阳树，芳草萋萋鹦鹉洲。
日暮乡关何处是？烟波江上使人愁。[1]

崔颢（约704—754）的这首诗大致作于开元十一年（723）及第前后，一说作于晚年，但因为收录在截止于天宝三载（744）的《国秀集》中，其早于李白的《登金陵凤凰台》，自是毋庸置辩的。[2] 坐落在今天武昌长江岸边的黄鹤楼，最初究竟是如何得名的，历来众说纷纭。据梁萧子显所撰《南齐书》的《州郡志下·郢州》记载："夏口城据黄鹄矶，世传仙人子安乘黄鹄过此上也。"[3] 南朝宋鲍照曾作《登黄鹄矶》，但并没有提到黄鹤。南宋张栻（1133—1180）曾撰《黄鹤楼说》，认为黄鹤楼因黄鹄矶而

---

〔1〕［清］金圣叹选批：《贯华堂选批唐才子诗》，收于［清］金圣叹著，陈德芳校点：《金圣叹评唐诗全编》（成都：四川文艺出版社，1999年），页61—63。

〔2〕傅璇琮编：《唐才子传校笺》第1册（北京：中华书局，1989年），页203。

〔3〕［梁］萧子显撰：《南齐书·州郡下》（北京：中华书局，1972年），卷15，页276。

图 1：1 ［宋］无名氏《长江万里图》卷（局部） 绢本水墨
纵 43.7 厘米 横 1654 厘米 美国华盛顿弗利尔美术馆藏

该画有明董其昌（1555—1636）的题跋曰："予尝见李伯时《长江图》于陈太仆子有家，笔法精绝，及观此卷，乃宣和御府所收，小玺俱在，定为北宋以前名手，非马［马远］、夏［夏圭］辈所能比肩。……己未中秋后五日［一六一九年九月二十七日］。"该卷囊括长江起止，沿岸名胜，皆以朱笔标出，故翁万戈称其"兼得地图之用"。据翁万戈统计编号，图中第151处为黄鹤楼，第145处为鹦鹉洲。见翁万戈：《莱溪居读王翚长江万里图》（上海：上海书画出版社，2018年），页112—114。

得名，“鹄”字转音为“鹤”，故此后世称黄鹤楼。[1]另一说以唐人阎伯瑾于765年所写的《黄鹤楼记》为代表，文中援引《图经》曰：“费祎登仙尝驾黄鹤返憩于此，遂以名楼。”[2]但崔颢诗中明言“黄鹤一去不复返”，与费祎驾黄鹤返憩此楼的说法，也不尽一致。（图1：1～4）

与李白的《登金陵凤凰台》相似，崔颢的这首《黄鹤楼》也正是在名与实、见与不见之间展开的，尤其是开头的两联凸显了当下“此地空余黄鹤楼”和“白云千载空悠悠”的“空”的状态。一个“空”字重复使用了两次，后一次写昔人乘黄鹤而去，唯见白云留下一片空白，仿佛千载不变，绵延至今；前一次写黄鹤楼一旦失去了黄鹤，便徒有其名。这两个“空”字，都暗示着阙失，目中所见，唯有黄鹤楼被黄鹤遗留在身后，永远见证它的离去和缺席。而眼前的白云跨越时空，绵延今古，也反衬出名与物、当下与过去之间难以克服的距离。

这一模式到《黄鹤楼》的尾联获得了新的演绎，并且被赋予了浓郁的乡愁：“日暮乡关何处是？烟波江上使人愁。”这一次阙失的是乡关：乡关已不复可见，自己在烟波浩渺的江上，茫无目的地漫游漂泊，何日才能返回故土呢？返乡归家的遥远向往与欲归而不能的内心迷茫，在这

〔1〕［宋］张栻：《黄鹤楼说》，收于［宋］张栻：《南轩集》，收于［清］纪昀、永瑢等编：《景印文渊阁四库全书》第1167册，卷18，页573。

〔2〕［唐］阎伯瑾：《黄鹤楼记》，收于［明］何镗辑：《古今游名山记》（桂林：广西师范大学出版社，2009年），卷9，页59。

图1:2 ［明］安正文（15世纪）《黄鹤楼图》 轴
绢本设色 纵162.5厘米 横105.5厘米 上海博物馆藏

图 1 : 3 ［清］王翚（1632—1717）《长江万里图》 卷（局部） 绢本设色 纵 40.3 厘米 横 1617.8 厘米 美国波士顿艺术博物馆藏

图 1 : 4 ［清］关槐（18 世纪下半叶）《黄鹤楼图》轴 纸本设色 纵 162.5 厘米 横 70.1 厘米 台北故宫博物院藏

里似乎来得有些突然；与昔人乘鹤的无牵无挂和一去不返，也形成了鲜明的对照：仙人与黄鹤，飘飘何所似？他们就像白云那样，悠然而去，何等洒脱！他们不知所终，无复依傍，亦无身名之累——无论什么称谓，他们都不在乎，拿他们的名字去命名楼台亭阁，就更与他们无关了。因此，一方面是驾鹤升仙而去，另一方面是滞留徘徊思归，标志着人生的两个相反的去向。而借助日暮烟波中的回望，我们也仿佛可以从前面“昔人已乘黄鹤去，此地空余黄鹤楼”一联中，窥见诗人无所依托的孤独身影了。

然而细读文本，我们又不难发现，这“日暮乡关”一联实际上正是从“黄鹤一去不复返”一句引出来的。对“昔人”与“黄鹤”来说，并不存在一个“乡关”的概念，因此离去后便不再回返。但就此时此地的诗人而言，离去之后，自然提出了一个何时复返的问题，而复返的归宿正是“乡关”。在这里，诗歌中“见”与“不见”的母题再度出现。只是这一次，乡关替代了黄鹤，在日暮时分的“烟波江上”已不复可见了。

《黄鹤楼》一诗的尾联将当下定格在“烟波江上”的“日暮”瞬间，也大有深意。“日暮”时分正是“鸡栖于埘”“羊牛下来”的“日之夕矣”，《诗经》中的《君子于役》有“君子于役，不知其期，曷至哉”的思归之叹。〔1〕

〔1〕［汉］毛亨传，［汉］郑玄笺，［唐］孔颖达疏：《毛诗正义》，收于［清］阮元校刻：《十三经注疏》（北京：中华书局，1980 年），页 331。

因此，在中国古典诗歌的传统中，“日暮”与“乡关”是相互关联的意象。而它们同时出现在这首登楼诗的结尾，又恰好上承王粲（177—217）《登楼赋》以来登楼望乡的故土之思的脉络：一方面凭栏远眺，旧乡阻绝，“凭轩槛而遥望兮，向北风而开襟。平原远而极目兮，蔽荆山之高岑。路逶迤而修迥兮，川既漾而济深。悲旧乡之壅隔兮，涕横坠而弗禁”；另一方面白日西沉，烟波浩渺，却形单影只，托身无所，“步栖迟以徙倚兮，白日忽其将匿”。把这两个方面整合进“登楼”的场景，不仅改变了《黄鹤楼》的趣旨，而且将全诗的主题升华为人生归宿的永恒乡愁。[1]

从诗中营造的氛围和内在的情感气质来看，《登金陵凤凰台》与《黄鹤楼》相比，都有明显的差别。李白没有接着发挥《黄鹤楼》的日暮乡愁和人生归宿的主题，而是把长安变成了向往的所在，以浮云蔽日的象喻改写日暮思乡的联想，从而暗示了对政治与时局的关切和隐忧。这与诗的第二联“吴宫花草埋幽径，晋代衣冠成古丘”引入人世变迁与朝代陵替的历史维度，也是前后一贯的。

需要指出的是，李白在《登金陵凤凰台》中对崔颢《黄鹤楼》所做的这些改变无论多么显而易见，却又都是替换性的，也就是在一个现成的模板中，对其中的一些意象做了延伸性的替代——“白云”变成了“浮云”，“长安”

〔1〕［汉］王粲：《登楼赋》，收于［梁］萧统编，［唐］李善注：《文选》上册（北京：中华书局，1977年），卷11，页162—163。

替代了“乡关”，更不用说在“黄鹤”的位置上我们看到了“凤凰”。同样不难看到的是，李白也在有意回应《黄鹤楼》的母题和句式：他像崔颢那样，在名实、有无，以及见与不见之间，大做文章。而从“黄鹤”到“凤凰”，名称虽然变了，诗歌语言的基本模式却仍在重复，就连《黄鹤楼》的韵脚也保留不变。这是一个更深层的联系，也就是文本上的联系。本来，崔颢选择了“侯”韵，是为了照应标题上的“楼”字，当时的“登楼”诗都往往如此。可李白写的是凤凰台，与任何一座楼都无关，却偏要勉强牵合《黄鹤楼》的韵脚，岂非多此一举？但这恰好是李白的用意所在。

的确，尽管《登金陵凤凰台》用凤凰替换了黄鹤，但却搬用了《黄鹤楼》的韵脚和句式结构——名实之别不只构成了这两首诗的共同主题，也在《登金陵凤凰台》的写作实践中，获得了一次新的演绎。但李白不仅仅在模仿崔颢，还要与他竞争。所以，他没有亦步亦趋地去复制原作的格式，而是对它加以变奏和改写，仿佛是为了证明，即便是同一个写法，他也能有所改进，甚至可以把原作比下去。《黄鹤楼》曰：“昔人已乘黄鹤去，此地空余黄鹤楼。黄鹤一去不复返，白云千载空悠悠。”这头两联中，三次重复黄鹤，已堪称绝唱。李白写的是同样的意思，但只用了一联两句就做到了。他首先把主语位置上的“昔人”给取消掉了。凤凰原本逍遥自在，无论来去，皆与人无关。这样便有了“凤凰台上凤凰游”这一句。第二句的“凤去台空江自流”，等于是《黄鹤楼》的头两联四句叠加在一起，压缩改写成一句。但压缩归压缩，却一点儿不妨碍李白在这一联的两句中，连续重复了三遍“凤凰”（包括一次简称为“凤”）。这是一个竞技斗巧的高难度动作，但听上去却如此轻松，仿佛脱口而出，得来全不费工夫。令人在错愕之余，不由得击掌称快！

关于李白的这首《登金陵凤凰台》，还有一些传闻，在现存的文献中，最早见于北宋的记载。胡仔《苕溪渔隐丛话》：

> 《该闻录》云：唐崔颢《题武昌黄鹤楼》诗……李太白负大名，尚曰：“眼前有景道不得，崔颢题诗在上头。”欲拟之较胜负，乃作《金陵登凤凰台》诗。[1]

李白明知黄鹤楼上已经署上了崔颢的大名，在此攻城拔寨，已近于徒劳，于是就换了一处战场，到金陵凤凰台上接着上演这场竞争的游戏。《苕溪渔隐丛话》约作于南宋高宗年间（1127—1162），李、崔竞争说，自此大炽，被反复援引转述。而类似的传闻，也可以在普济（1179—1253）的《五灯会元》和王象之（1163—1230）的《舆地纪胜》中读到不同的翻版和衍生叙述。[2]不过，胡仔并没有忘记交

---

〔1〕［宋］胡仔：《苕溪渔隐丛话》（北京：人民文学出版社，1962年），前集卷5，页30。

〔2〕［宋］普济著，苏渊雷点校：《五灯会元》（北京：中华书局，1984年），页1188。［宋］王象之：《舆地纪胜》（杭州：江苏古籍出版社，1991年），卷66，页11。

代，此说最早的出处是北宋李畋的《该闻录》。该书已亡佚，据今人王河、真理的《宋代佚著辑考》，大致成书于庆历七年（1047），而从《类说》和《古今事文类聚》等书中辑出的四十余条来看，它的特点是："杂记唐宋以来朝野轶闻趣事，多有因果报应之事。"[1]

《该闻录》的上述记载究竟是凭空捏造，还是事出有据，从现存的史料中很难得出明确的判断。就效果而言，这个故事并没有改变我们对诗歌作品的基本理解。而它本身，在我看来，倒很可能是出自对《登金陵凤凰台》的解释。因为归根结底，李白与崔颢的这一场竞争，毕竟以最令人信服的方式，体现在了《登金陵凤凰台》与《黄鹤楼》的互文关系之中。但《该闻录》采用了传闻和叙述的形式。它从诗里读出了故事，变成了对李白写作缘起的一个说明。

实际上，有关唐诗写作的"本事"传说，都往往如此，未必实有其事，但又不失为解读诗歌的一种方式，也就是传统的传记阅读方式。它们之所以广为流传，正在于体现了"以意逆志"和"知人论世"的阐释传统。因此，至少听上去是合理的，甚至还相当可信。但这些"本事"叙述的兴趣在传记和故事，不在诗歌，或者只是在读诗的名义下读传记、读故事，甚至索性把诗读成了传记故事。若信以为真，或奉为读诗的不二法门，都将远离诗歌的精神趣

---

〔1〕 王河、真理：《宋代佚著辑考》（南昌：江西人民出版社，2003年），页80。

旨。然而，无论此类“本事”叙述是否可靠，有一点无可否认：对于后世的诗人来说，李白黄鹤楼搁笔的确成了文坛的一段逸事佳话，也变成了他们题写黄鹤楼的起因和动机之一。考虑到这一情况，我将属于逸事传闻的“本事”叙述，视为诗歌写作与批评话语的一个内在的组成部分，并从这个角度来加以解读和分析，而不是把它当作事实陈述来读，或用它来“复原”历史真相。

那么，李白为什么非要跟崔颢捉对厮杀，一较高下呢？当然，这首先是因为他是哈洛德·布鲁姆（Harold Bloom）所说的那样一位强力诗人或强势诗人（strong poet），绝不甘居人下。[1]若是换成别人，就未必如此了。关于这一点，我们回头再说。

其次，李白也似乎有足够的理由去跟崔颢竞争。他与崔颢年龄相仿，诗风又颇有相似之处。更重要的是，崔颢不仅早在723年就进士及第，而且在诗坛上也年少成名，久享盛誉。《河岳英灵集》可以为证。它的编者殷璠务求将本朝才俊的杰作汇成一编，所收作品大致作于714年至753年。其中选录了崔颢的十一首诗，包括《黄鹤楼》。殷璠在评语中，说崔颢的一些作品“可与鲍照、江淹并驱”。这句话被《唐诗纪事》所征引，但变成了“鲍照、江淹须有惭色”，下

---

〔1〕 Harold Bloom, *The Anxiety of Influence: A Theory of Poetry* (Oxford: Oxford University Press, 1997); Harold Bloom, *A Map of Misreading* (Oxford: Oxford University Press, 1975).

语不可谓之不重。[1] 今天的读者或许不觉得这一评价有什么了不起，在当今学者写的文学史中，鲍照（约 414—466）虽然在他自己的那个时代还算出色，可哪能跟李白相比，至于江淹（444—505），岂不更是等而下之了吗？但这并不是盛唐人的看法。杜甫赞美李白，就把他比作庾信（513—581）和鲍照："清新庾开府，俊逸鲍参军。"又说："李侯有佳句，往往似阴铿。"[2] 可我们知道，他当时对李白可以说是顶礼膜拜了，所谓"白也诗无敌，飘然思不群"。[3] 李白的自我期许又如何呢？实际上，他经常提到的也正是谢朓（464—499）这样的南朝诗人："解道澄江净如练，令人长忆谢玄晖。""蓬莱文章建安骨，中间小谢又清发。"[4] 杜甫更是坦言自己"熟知二谢将能事，颇学阴何苦用心"，对谢灵运（385—433）和谢朓都烂熟于心，在阴铿与何逊（？—约 518）的作品上也下过一番功夫。[5] 从这样的陈述中，我们读不出丝毫自谦或自贬的意思来。

那么，殷璠又是怎样评价李白的呢？他选了李白的

---

〔1〕 傅璇琮编：《唐人选唐诗新编》（西安：陕西人民教育出版社，1996 年），页 161。

〔2〕［唐］杜甫：《春日忆李白》《与李十二白同寻范十隐居》，收于［唐］杜甫著，［清］仇兆鳌注：《杜诗详注》（北京：中华书局，1979 年），卷 1，页 52、45。

〔3〕［唐］杜甫：《春日忆李白》，同前，页 52。

〔4〕［唐］李白：《金陵城西楼月下吟》《宣城谢朓楼饯别校书叔云》，收于［唐］李白著，郁贤皓校注：《李太白全集校注》第 3 册，卷 6，页 892；第 5 册，卷 15，页 2212。

〔5〕［唐］杜甫：《解闷十二首》之七，收于［唐］杜甫著，［清］仇兆鳌注：《杜诗详注》，卷 17，页 1511。

十三首诗作，比崔颢还多两首，如果数量是一个衡量的指标，应该说评价不低。当然，入选篇目并非唯一的标准，殷璠也只选录了陶翰的十一首诗，但评价之高，几乎无以复加。他评李白的作品是“率皆纵逸”，与他“志不拘检”和特立独行相一致。又说他的《蜀道难》等篇“可谓之奇之又奇。然自骚人以还，鲜有此体调也”。〔1〕一个“奇”字，可褒可贬，这里听上去自然还是褒义的，但接下来一个“然”字，语气一转，做了补充或限定。李白不拘成规的诗风，在他眼里，似乎仍不免有些另类。但殷璠对崔颢的态度就不同了，把他这样一位过世不久的当代诗人，与诗歌史上的人物等量齐观，也就是对他做了一个历史的评价。

的确，在这里我们遇到了一个文学史的问题。在整部《河岳英灵集》中，得到与崔颢类似评价的盛唐诗人，不过寥寥几位，如常建（708—765）、王湾（693—751）和陶翰。王维（701—761）更是当下诗坛的盟主，他的地位从一开始就无可撼动。稍后不久，独孤及（725—777）就开始把崔颢与王维相提并论了。在他看来，俨然正是他们二人，在初唐的沈佺期（约656—714）和宋之问（约656—712）之后，共同支撑起了一个盛唐诗坛，而曾任左补阙的皇甫冉（？—约769）不过是当时为数不多的佼佼者之一，得以厕身其列而略无愧色：

〔1〕傅璇琮编：《唐人选唐诗新编》，页120—121。

> 沈宋既殁，而崔司勋颢、王右丞维复崛起于开元、天宝之间。得其门而入者，当代不过数人，补阙其人也。[1]

可见从盛唐到中唐，崔颢的地位不仅居高不下，还似乎有了持续上升的势头。此后刘禹锡（772—842）写道：

> ［按：卢象］始以章句振起于开元中，与王维、崔颢比肩骧首，鼓行于时。妍词一发，乐府传贵。[2]

刘禹锡为卢象集题记，对他的诗歌地位难免有些言过其实，但表彰的方式，正是让他加入王维、崔颢的行列。

殷璠、独孤及和刘禹锡心目中的盛唐诗坛的格局，与我们今天站在所谓历史“高度”对其所做的描述判断，真可谓大相径庭。卢象就姑且不论了，王维、崔颢这一对组合也多少有些出人意料。更离谱的，恐怕还要算芮挺章编纂的《国秀集》了。其中选诗最多的盛唐诗人竟然是一位名叫卢僎的吏部员外郎——一共收了他十三首，而他现存的诗作加在一起不过十四篇。要不是因为《国秀集》，这位吏部员外郎恐怕早就被人遗忘了，也几乎不会有什么诗作传世。

---

〔1〕［唐］独孤及：《毗陵集·唐故左补阙安定皇甫公集序》，收于张元济主编：《四部丛刊初编》第661册，卷13，页6。

〔2〕［唐］刘禹锡撰，卞孝萱校订：《刘禹锡集》（北京：中华书局，1990年），卷19，页233—234。

作为批评家，我们完全可以对任何时代的文学作品行使分析和评判的权力，而无须顾及当时的术语和标准。但文学史家则不然，因为文学史的使命，并不在于根据当今的“后见之明”，对历史上的文学现象做出评判，甚至于盖棺而论定；更不能采取粗陋的社会达尔文主义和历史拜物教的立场，迷信所谓“历史淘汰”的绝对公正性与客观性，以致认为失传的作品注定就不值得流传后世。文学史家首先应该尽量站在当事人的立场上，对他们的评价标准、批评话语与写作实践，获得一种“同情理解”，也就是尽可能设身处地去了解当时人的某些看法及其成因，了解盛唐的“当代文学”视野是如何建构起来的，究竟哪些因素在起作用，包括了解现存作品的来历、流传、变异和编选情况，及其在当时的阅读与理解。而这样做的时候，我们深知自己的局限所在。这首先是因为所谓盛唐的当代视野是处在发展和变动当中的，并不稳定，也缺乏确定性，而且因人而异，未必能达成共识（这一点，只要参照我们自己的当代文学经验，就不难体会）。其次是因为关于盛唐诗歌的历史知识早已经过了历代的过滤、筛选与重新组合，并曾服务于不同的历史叙述和其他目的。无论如何，那些传世的篇目不过是全部作品的一部分而已，它们的“代表性”，无论从作者自身来说，还是就整个时代而言，都是有限的，而且也不免打上了各种不同选集、类书和文学话语的烙印。可是，我们今天舍此则别无他途，只能透过这些经过了世世代代的选择和重组的材料，去勾勒当时诗坛的一个侧影而已。

尽管对盛唐的“当代文学”视野，我们仍缺乏足够的了解，有些现象还一时得不到令人信服的解释，但至少可以说，李白与崔颢去竞争，绝不是什么无可理喻的奇思异想，更不是屈尊俯就，降格以求。恰恰相反，他在挑战当时诗坛上一位众望所归的领袖人物。而《黄鹤楼》又正是崔颢为人公认的代表作——它被收进了唐、五代的四种唐诗选本，无论在当时还是后世都为崔颢带来了巨大的声誉，堪称诗歌史上的一个奇迹。李白的《蜀道难》在当时也颇受欢迎，但还是没法儿跟《黄鹤楼》比。他的《登金陵凤凰台》更是不见于任何一种现存的唐人当代诗选。

其三，李白显然久闻崔颢盛名，甚至可能跟崔颢也有过交往。我们知道，收诗截止于天宝三载（744）的《国秀集》署崔颢官衔为太仆寺丞。新旧《唐书》又载他于天宝中官至尚书司勋员外郎。可知崔颢入京为官的时间当在开元末年或天宝初年，绝不迟于 744 年。[1] 而李白于 742 年应召进京，两年后还山。这两年期间，他很可能与崔颢同在长安，不乏相见和结识的机会，至少他早就知道崔颢其人其诗。从交游的圈子来看，崔颢与高适、王昌龄和孟浩然都分别有过交往，而这三位诗人跟李白也先后有过诗歌赠答与唱和，往还之际，难免会提到崔颢和他的作品。

---

〔1〕 关于崔颢的生平，详见傅璇琮：《崔颢考》，收于傅璇琮：《唐代诗人丛考》（北京：中华书局，1980 年），页 66—77。

李白的《登金陵凤凰台》作于747年，距离他告别长安不过三年左右。不难想见，崔颢的盛名，当时仍如雷贯耳。不过，我们接下来还会看到，时间并没有化解李白的心结。在他此后的作品中，还不时可以听到《黄鹤楼》的变奏与回响。围绕着这首诗所发生的故事，也远远没有结束。

二　从《登金陵凤凰台》到《黄鹤楼》

「白云」与「黄鹤」之辨

按照上一章的方式来解读李白的《登金陵凤凰台》，听上去已近乎完美，但有一个问题，或许可以说是一个致命的问题：崔颢的《黄鹤楼》诗有不同的版本，我们这里读到的，未必就是盛唐时期流行的那个版本。而李白读到的《黄鹤楼》，与我们今天流传的文本很可能不一样。

研究历代的选本文化，都无法回避崔颢的《黄鹤楼》。它可以说是选本的宠儿，自唐代而然，历时而不衰。唐人的当代诗选中，《国秀集》《河岳英灵集》和《又玄集》都收录了《黄鹤楼》。还有一本稍晚一些，是后蜀韦縠编选的《才调集》，此外就是现存的敦煌抄本一种（伯希和 3619 号卷）。这些选本各有来历，而且历代又有不同的刻本，同一首诗也存在文字的差异。《国秀集》所收的那个版本为《题黄鹤楼》，连标题都不完全相同：

昔人已乘白云去，兹地空余黄鹤楼。
黄鹤一去不复返，白云千里空悠悠。
晴川历历汉阳树，春草萋萋鹦鹉洲。
日暮乡关何处是，烟波江上使人愁。[1]

与此相比，其他的版本略有不同："兹地"又作"此地"（《河岳英灵集》《才调集》），"空余"又作"空遗"（《河岳英灵集》），一作"空作"（《才调集》），"千里"又作"千

〔1〕 傅璇琮编：《唐人选唐诗新编》，页 251—252。

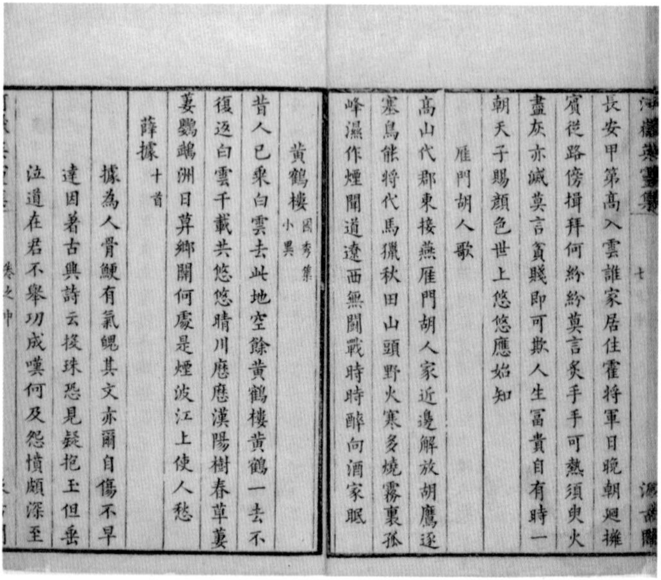
河嶽英靈集 七 汲古閣

長安甲第高入雲誰家居住霍將軍日晚朝廻擁
賓從路傍揖拜何紛紛莫言炙手手可熱須臾火
盡灰亦滅莫言貧賤即可欺人生富貴自有時一
朝天子賜顏色世上悠悠應始知

雁門胡人歌

高山代郡東接燕雁門胡人家近邊解放胡鷹逐
塞鳥能將代馬獵秋田山頭野火寒多燒霧裏孤
峰濕作煙聞道遼西無鬭戰時時醉向酒家眠

黃鶴樓 國秀集小異

昔人已乘白雲去此地空餘黃鶴樓黃鶴一去不
復返白雲千載共悠悠晴川歷歷漢陽樹春草萋
萋鸚鵡洲日暮鄉關何處是煙波江上使人愁

薛據 十首

據為人骨鯁有氣魄其文亦爾自傷不早
達因著古興詩云投珠恐見疑抱玉但垂
泣道在君不舉功成嘆何及怨憤頗深至

卷之中

图 2：1 ［唐］殷璠编纂 《河岳英灵集》 毛氏汲古阁
明崇祯元年（1628）

载”（《河岳英灵集》《又玄集》《才调集》），“何处是”又作“何处在”（《河岳英灵集》）。敦煌抄本，出入更多：“空余”为“唯余”，“千里”作“千载”、“萋萋”作“青青”，“烟波”作“烟花”。但无论它们之间有何差异，这些唐人的本子与后世的通行本相对比，有两个主要的共同之处，那就是第一句都是“昔人已乘白云去”，无一作“昔人已乘黄鹤去”；再就是“春草萋萋鹦鹉洲”中均为“春草”，而非“芳草”。就重要性而言，显然不如起句的“白云”与“黄鹤”之别了。（图 2：1～2）

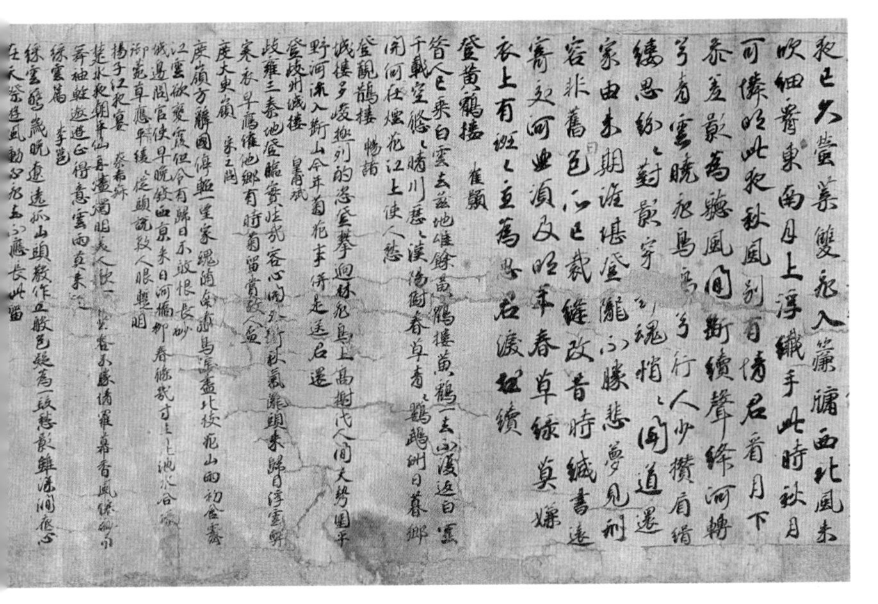

图 2：2　［唐］敦煌抄本（唐诗丛钞　释门杂字）　法国国家图书馆藏

"白云"与"黄鹤"的争论，由来已久。争论的焦点，无非是版本的取舍、情理的推断与艺术高下的评判，但这三者又经常彼此纠结，甚至混为一谈。陈增杰、施蛰存等先生，以及近年来就此发表论文和论著的陈文忠、刘学楷、沈文凡和方胜等学者，都分别做过材料梳理与义理辨析。[1] 陈

---

〔1〕 施蛰存：《黄鹤楼与凤凰台》，《名作欣赏》总第 26 期（1985 年第 1 期），页 20—25；又收于施蛰存：《唐诗百话》（上海：华东师范大学出版社，2011 年），页 173—183。陈增杰：《黄鹤楼四题》，《温州大学学报》（社会科学版）第 20 卷第 3 期（2007 年 5 月），页 28—33。陈文（转下页）

增杰认为在宋人的唐诗选本中已经出现了“昔人已乘黄鹤去”和“芳草萋萋鹦鹉洲”，举的例子是归在王安石名下的《王荆公唐百家诗选》。施蛰存根据元代的《唐诗鼓吹》，主张“白云”改成“黄鹤”发生在金、元之间。方胜核实了现存的版本，得出的结论是，《唐百家诗选》的宋刻残本仍作“白云”“春草”，直到清代康熙年间的刻本，才改成了“黄鹤”，而“春草”仍因其旧。[1]（图2：3～6）至于《唐诗鼓吹》，也是到了清代康熙二十七年（1688）的刊本，才变成了“昔人已乘黄鹤去”，但仍在“黄鹤”处注曰：“一本作‘白云’。”在我所见的版本中，乾隆四十年（1775）东岳草堂《重订唐诗鼓吹笺注》也依旧在首句“昔人已乘黄鹤去”的“黄鹤”处注曰：“一本作‘白云’。”但是一个更早的通

（接上页）忠：《从“影响的焦虑”到“批评的焦虑”——〈黄鹤楼〉〈凤凰台〉接受史比较研究》，《安徽师范大学学报》（人文社会科学版）第35卷第5期（2007年9月），页513—524。沈文凡、彭伟：《〈黄鹤楼〉诗的接受——以崔李竞诗为中心》，《燕赵学术》2009年第1期，页82—92；又收于沈文凡：《唐诗接受史论稿》（北京：中国出版集团现代出版社，2014年），页20—37。刘学楷：《唐诗选注评鉴》（郑州：中州古籍出版社，2013年），页220—222。方胜：《崔颢影响了李白，还是李白改变了崔诗？——〈黄鹤楼〉异文的产生、演变及其原因》，《中国韵文学刊》第30卷第4期（2016年10月），页23—29。

〔1〕清乾隆后期编撰的《四库全书》所收《王荆公唐百家诗选》出自康熙版，其中崔颢的《黄鹤楼》诗，与康熙版完全一致。关于《王荆公唐百家诗选》的版本源流，详见杨艳红：《王安石〈唐百家诗选〉研究》第一章第二节“《唐百家诗选》的成书与流传源流考”，西北大学硕士论文，2008年，页13—33。张倩：《王安石〈唐百家诗选〉版本源流考》，《东方丛刊》2009年第四辑，总第七十辑，页194—205。陈裴：《〈王荆公唐百家诗选〉版本源流考述》，《南阳师范学院学报》第11卷第11期（2012年11月），页68—87。

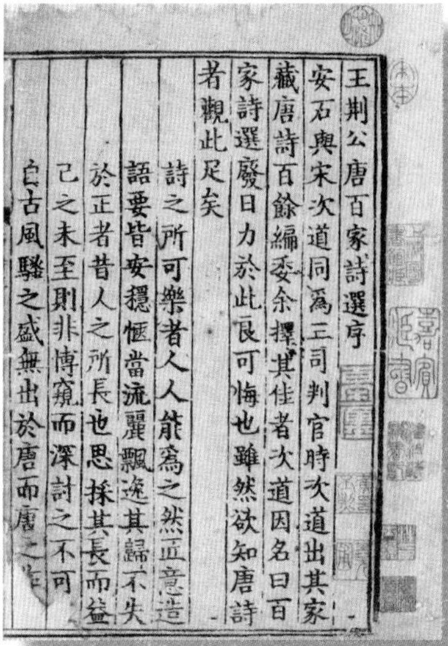

王荆公唐百家詩選序
安石與宋次道同爲三司判官時次道出其家
藏唐詩百餘編委余擇其佳者次道因名曰百
家詩選廢日力於此良可悔也雖然欲知唐詩
者觀此足矣
詩之所可樂者人人能爲之然匠意造
語要皆安穩愜當流麗飄逸其歸不失
於正者昔人之所長也思採其長而益
己之未至則非博窺而深討之不可
自古風騷之盛無出於唐而唐之作

图 2：3

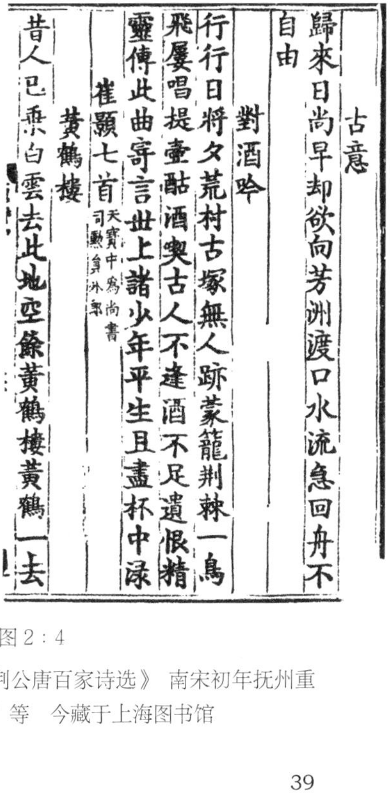

古意
歸來日尚早却欲向芳洲渡口水流急回舟不
自由
對酒吟
行行日將夕荒村古塚無人跡蒙籠荊棘一鳥
飛屢唱提壺酤酒吃古人不達酒不足遺恨精
靈傳此曲寄言世上諸少年平生且盡杯中淥
崔顥七首 天寶中爲尚書司勳員外郎
黃鶴樓
昔人已乘白雲去此地空餘黃鶴樓黃鶴一去

图 2：4

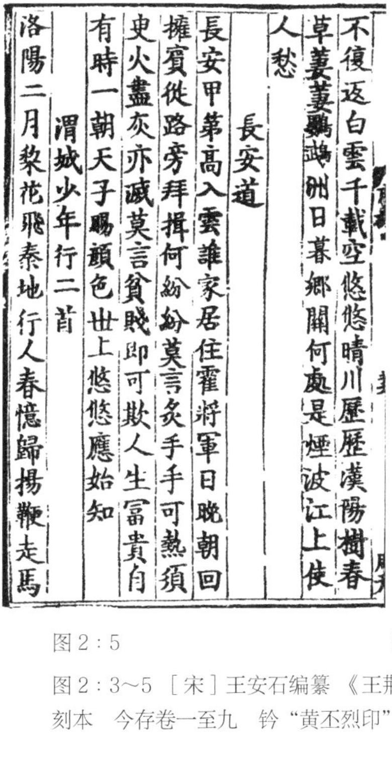

不復返白雲千載空悠悠晴川歷歷漢陽樹春
草萋萋鸚鵡洲日暮鄉關何處是煙波江上使
人愁
長安道
長安甲第高入雲誰家居住霍將軍日晚朝回
擁賓從路旁拜揖何紛紛莫言炙手手可熱須
臾火盡灰亦滅莫言貧賤即可欺人生富貴自
有時一朝天子賜顏色世上悠悠應始知
渭城少年行二首
洛陽二月梨花飛秦地行人春憶歸揚鞭走馬

图 2：5

图 2：3～5 ［宋］王安石编纂 《王荆公唐百家诗选》 南宋初年抚州重刻本 今存卷一至九 钤“黄丕烈印”等 今藏于上海图书馆

行行日將夕荒村古冢無人跡蒙籠荆棘一鳥飛屢唱
提壺酤酒喫古人不達酒不足遺恨精靈傳此曲寄言
世上諸少年平生且盡杯中渌
崔顥七首 天寶中為尚書司勲員外郎
黄鶴樓
昔人已乘黄鶴去此地空餘黄鶴樓黄鶴一去不復返
白雲千載空悠悠晴川歷歷漢陽樹春草萋萋鸚鵡洲
日暮鄉關何處是烟波江上使人愁

欽定四庫全書 唐百家詩選 卷四

長安道
長安甲第高入雲誰家居住霍將軍日晚朝回擁賓從
路旁拜揖何紛紛莫言炙手手可熱須臾火盡灰亦滅
莫言貧賤即可欺人生富貴自有時一朝天子賜顔色
世上悠悠應始知
渭城少年行二首
洛陽二月梨花飛秦地行人春憶歸揚鞭走馬城南陌
朝逢驛使秦川客驛使前日發章臺傳道長安春早來

图 2：6 ［宋］王安石编纂 《王荆公唐百家诗选》 清《四库全书》本

俗坊本——明万历二十年（1592）书林郑氏云斋刻本《新刊唐诗鼓吹注解大全》——却已径作“昔人已乘黄鹤去”了，且无“一本作‘白云’”注。（图 2：7～11）可知“黄鹤”说可以追溯到明代的万历年间，或许稍早一些，但毕竟是相对晚近的事情，直到清初才逐渐流行起来。[1] 明末清初的金圣叹（1608—1661）力主“黄鹤”说，在这一转变过

〔1〕 即便在清代的唐诗选本中，《黄鹤楼》诗的“黄鹤”说也没有占据绝对优势。例如，同治甲戌（1874）秋退补斋藏版《黄鹄山志》所收崔颢《黄鹤楼》诗仍作“昔人已乘白云去”，注：“一作‘黄鹤去’。”见《黄鹄山志》，收于故宫博物院编：《故宫珍本丛刊峨眉山志 · 黄鹄山志》卷七“艺文”，第十三页（海口：海南出版社，2001 年），第 268 册，页 367。

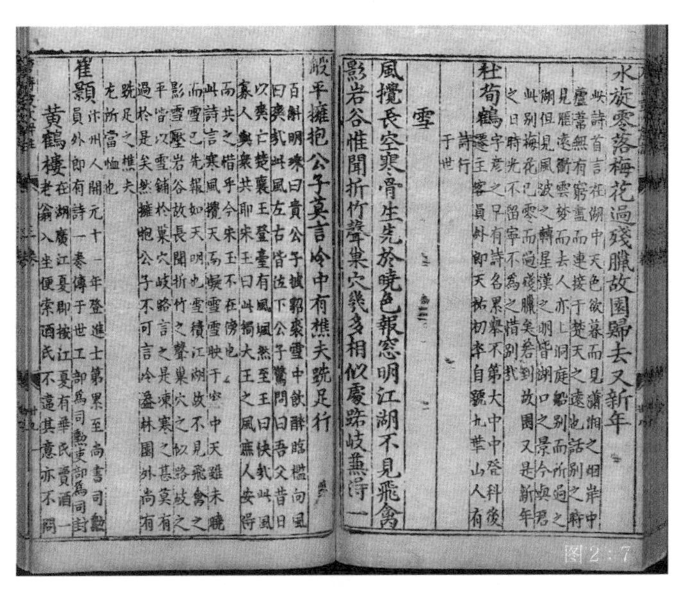
水旋零落梅花過殘臘故園歸去又新年

杜荀鶴

雪

風攪長空寒骨生先於曉色報窗明江湖不見飛禽影岩谷惟聞折竹聲巢穴幾多相似處路岐兼得一般平擁抱公子莫言冷中有樵夫跣足行

崔顥

黃鶴樓

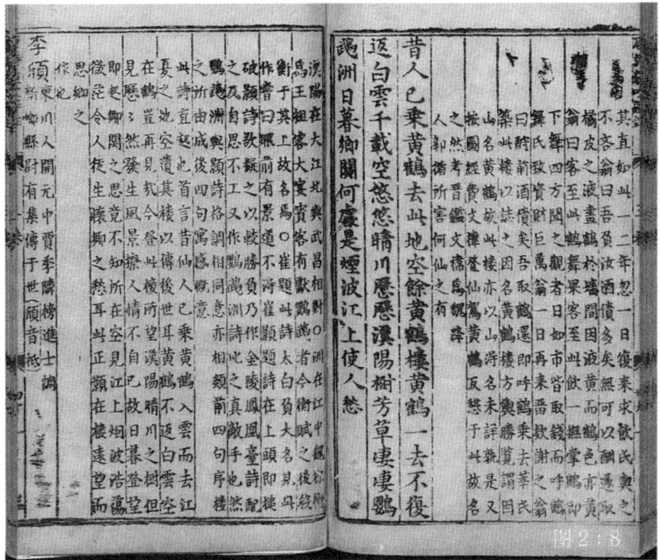
昔人已乘黃鶴去此地空餘黃鶴樓黃鶴一去不復返白雲千載空悠悠晴川歷歷漢陽樹芳草萋萋鸚鵡洲日暮鄉關何處是煙波江上使人愁

李頎

图 2：7~8 ［金］元好问辑 ［明］廖文炳注解 《新刊唐诗鼓吹注解大全》 明万历二十年（1592）书林郑氏云斋刻本 美国国会图书馆藏

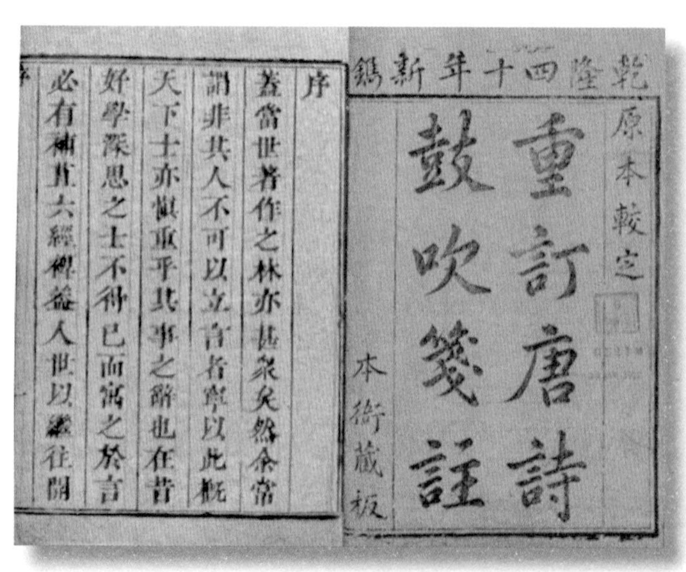
乾隆四十年新鐫

原本較定

重訂唐詩鼓吹箋註

本衙藏板

序

蓋當世著作之林亦甚衆矣然余常
謂非其人不可以立言者寧以此概
天下士亦愼重乎其事之辭也在昔
好學深思之士不得已而寓之於言
必有補苴六經裨益人世以繼往開

图 2：9

图 2：9～11 ［金］元好问辑《东嵒草堂重订唐诗鼓吹笺注》
清乾隆四十年（1775）刻本　美国国会图书馆藏

通宵是夜行如此晝夜兼行則臘盡春初必歸故園

我將何以自處耶

杜荀鶴字彥之早有詩名累舉不第大中中登科後遷主客員外郎天祐初卒自號九華山人有詩集行於世△晚唐

雪

風攪長空寒骨生先於曉色報窻明江湖不見飛禽影

巖谷惟聞折竹聲巢穴幾多相似處英華作溝壑本深無復滿路岐

兼得一般平擁袍公子莫言冷中有樵夫跣是行百斛明珠

曰貴公子被貂裘雪中飲醇醪向風曰爽哉此風左右皆泣下公子驚問曰吾父昔日以爽古楚襄王登臺有風颯然至王曰快哉此風寡人與衆共耶宋玉曰此獨大王之風庶人安得而共之惜乎今宋玉不在傍也又此言寒風攪天而疑雪雪映窻中人難求曉而已如天之明也故其發於江湖不見飛禽之影壓於巖谷

惟聞折竹之聲至巢穴之似路岐之平皆以鋪於巖穴路岐言之是將悶沍寒之甚然擁袍公子不可言冷蓋其中尚有跣足之樵夫尤所當恤耳

朱東喦曰前六句寫雪後二句誌感

崔顥汴州人開元十一年登進士累官至尚書司勳員外郎有詩一卷傳於世△按顥少年爲詩屬意浮艷多陷輕薄晚歲忽變常體風骨凜然絕昭江淹須有惻色盛唐

黃鶴樓△樓在湖廣武昌府黃鵠磯上旁有涌月臺

昔人已乘黃鶴一本作白雲去此地空餘黃鶴樓唐圖經費文禕登仙駕黃鶴返憩於此

黃鶴一去不復返漢蘇子卿詩黃鵠一遠別千里顧徘徊白雲

千載空悠悠晴川歷歷漢陽樹漢陽在大江北與武昌相對芳艸萋

萋鸚鵡洲在江中魏禰衡爲黃祖客大宴賓客有獻鸚鵡者令衡賦之後殺衡於其上名焉日

暮鄉關何處是烟波江上使人愁

图2：10

崔顥此詩太白負大名見此作嘗曰眼前有景道不得崔顥題詩在上頭即搥破題詩欲擬之以較勝負乃作金陵鳳凰臺及鸚鵡洲詩以此之真敵手也然鸚鵡洲與鳳凰詩格調相同意亦相類此詩前四句序樓之所由成後四句寓感慨意

首言昔人已乘黃鶴而去江夏之地空餘其樓以傳後世焉自昔及今黃鶴不返白雲空在登此樓者所見晴川遠樹芳艸長洲歷歷萋萋使人情不能已故自日暮登臨鄉關迷望惟見江上烟波發茫浩渺全我愈生愁思耳南齊志夏口城據黃鵠磯世傳仙人子安乘黃鶴過此上也邊江峻險樓擅高危瞰臨沔漢應接司御

李賓之曰律尤可間出古意古不可涉律此篇律間

出古要自不厭

范德機曰絕句若先得後二句律詩先得中聯此最

作詩大病有起而後有承有承而後有轉有轉而後

有合此秩然之序也若先得後二句則於起承必不

貫串先得中聯而後得首尾則起語必不出於自然

且如老杜一片花飛減卻春及老去悲秋強自寬等

作又如昔人已乘黃鶴去此篇豈先得中聯者作詩

最難起句中聯最要得體

朱東喦曰唐人詩有從題內發揮者有從題外寫意

者大抵借目前景物吐出自家懷抱如此作何曾有

一句寫樓否金聖嘆謂後人又有搥碎黃鶴樓者若

知此詩曾不累寫到樓便是空勞搥碎者乎自來皆

是以訛傳訛不足供一笑也聖嘆又謂有本作昔人

已乘白雲去大謬不知此詩正以浩浩大筆連寫三

图2：11

聖歎外書
七言律詩
唐才子書

貫華堂選批唐才子詩甲集七言律卷之
聖歎外書
順治十七年春二月八之日兒子雍強欲予粗說
唐詩七言律體予不能辭既受其請矣至夏四月
望之日前後通計所說過詩可得滿六百首則又
強欲予粗為之序予又不能辭也因復序之序曰
夫詩之為德也大矣苞乎天地之初貫乎終古之
後綿綿曖曖不知紀極虛空無性自然動搖動搖
有端首斯作焉夫林以風戛而籟若笙竽泉以石

图 2：12

图 2：12～14 ［清］金圣叹选批 《贯华堂选批唐才子诗》
清顺治十七年（1660）守真草堂藏版

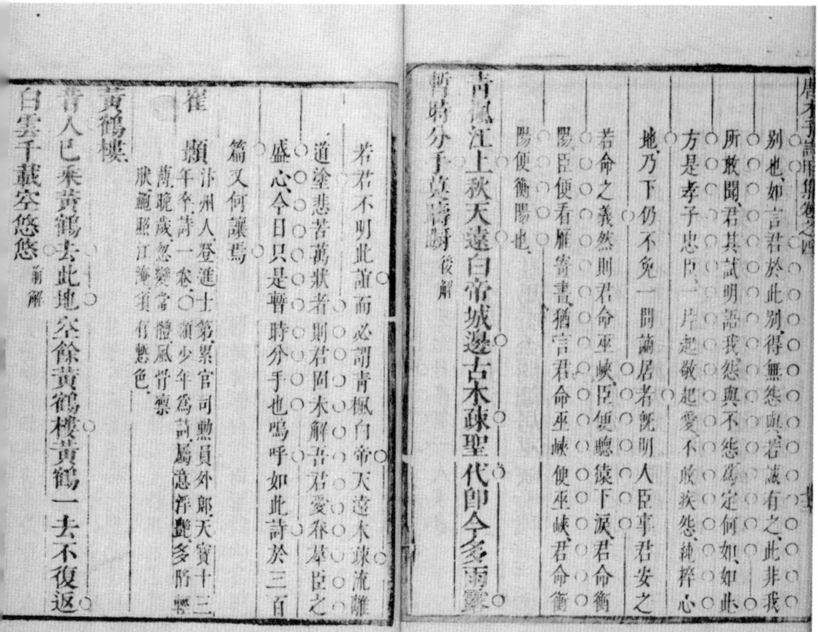

唐才子詩甲集卷之四

別也。如言君於此別，得無怨與，若誠有之，此非我所敢聞。君其試明語我，怨與不怨，爲定何如。如此方是孝子忠臣一片起敬起愛，不敢疾怨，純粹心地。乃下仍不免一問謫居者，既明人臣事君安之若命之義，然則君命巫峽，臣便聽猿下淚，君命衡陽，臣便看雁寄書。猶言君命巫峽便巫峽，君命衡陽便衡陽也。

青楓江上秋天遠，白帝城邊古木疎。聖代即今多雨露，暫時分手莫躊躇。 後解

若若不明此詩，而必謂青楓白帝，天遠木疎，流離道途，悲苦萬狀者，則君固未解吾君愛惜羣臣之盛心。今日只是暫時分手也。嗚呼！如此詩於三百篇又何讓焉。

崔 顥 汴州人，登進士第，累官司勳員外郎，天寶十三年卒。詩一卷。○顥少年爲詩，屬意浮艷，多陷輕薄，晚歲忽變常體，風骨凜然，窺照江淹須有愧色。

黃鶴樓

昔人已乘黃鶴去，此地空餘黃鶴樓。黃鶴一去不復返，白雲千載空悠悠。 前解

图2：13

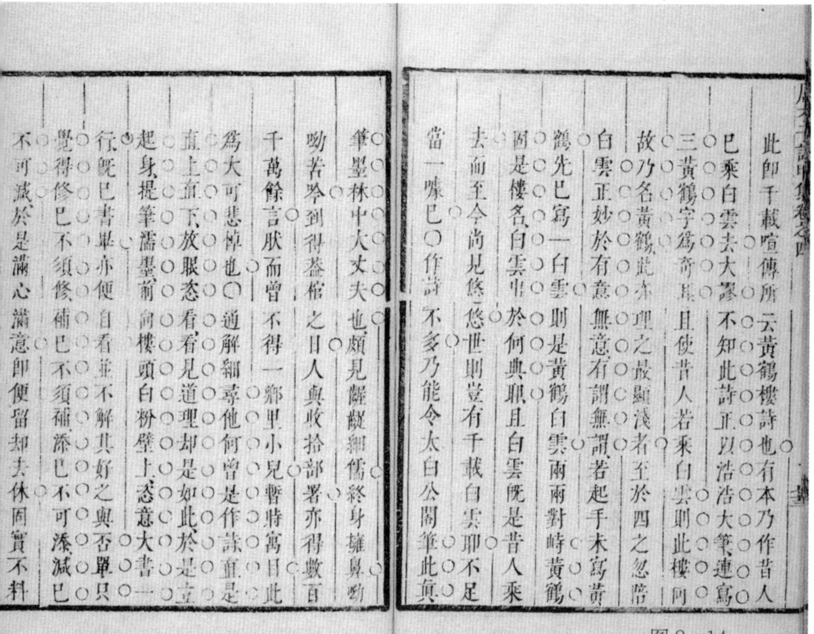

唐才子詩甲集卷之四

此即千載喧傳所云黃鶴樓詩也。有本乃作昔人已乘白雲去，大謬。不知此詩正以浩浩大筆，連寫三黃鶴字爲奇，且使昔人若乘白雲，則此樓何故乃名黃鶴。此亦理之最顯淺者，至於四之忽陪白雲，正妙於有意無意、有謂無謂。若起手未寫黃鶴，先已寫一白雲，則是黃鶴白雲兩兩對峙，黃鶴固是樓名，白雲出於何典耶。且白雲既是昔人乘去，而至今尚見悠悠，世則豈有千載白雲耶。不足當一嗤已。○作詩不多，乃能令太白公閣筆，此真筆墨林中大丈夫也。頗見齷齪細儒，終身擁鼻吻吻，若吟到得蓋棺之日，人與收拾部署，亦得數百千萬餘言，然而曾不得一鄉里小兒暫時寓目。此爲大可悲悼也。○通解細尋，他何曾是作詩，直是直上直下，放眼恣看，看見道理，却是如此，於是立起身，提筆濡墨，前向樓頭白粉壁上，恣意大書一行。既已書畢，亦便自看，並不解其好之與否，單只覺得修已不須修，補已不須補，添已不可添，減已不可減，於是滿心滿意，即便留却去休，固實不料

图2：14

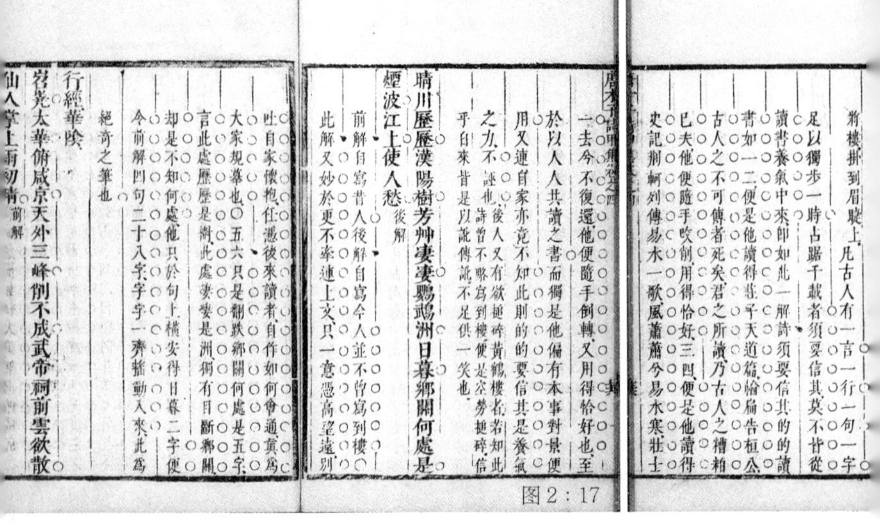
粘樓掛到眉睫上凡古人有一言一行一句一字
足以獨步一時占踞千載者須要信其莫不皆從
讀書養氣中來即如此一解詩須要信其的的讀
書如一二便是他讀得莊子天道篇輪扁告桓公
古人之不可傳者死矣君之所讀乃古人之糟粕
已夫他便隨手吹劍用得恰好三四便是他讀得
史記荆軻列傳易水一歌風蕭蕭兮易水寒壯士

唐才子詩甲集卷之四
一去今不復還他便隨手倒轉又用得恰好也至
於以人人共讀之書而獨是他偏有本事對景便
用又連自家亦竟不知此則的的要信其是養氣
之力不誣也後人又有欲搥碎黃鶴樓者若知此
詩曾不將寫到樓便是空勢搥碎信
乎自來皆是以訛傳訛不足供一笑也
晴川歷歷漢陽樹芳艸凄凄鸚鵡洲日暮鄉關何處是
煙波江上使人愁 後解
前解自寫昔人後解自寫今人並不曾寫到樓
此解又妙於更不牽連上文只一意憑高望遠別

图2：17

吐自家懷抱任憑後來讀者自作如何會通真為
大家規摹也五六只是翻跌鄉關何處是五字
言此處歷歷是樹此處凄凄是洲獨有目斷鄉關
却是不知何處他只於句上橫安得日暮二字便
令前解四句二十八字字字一齊搖動入來此為
絕奇之筆也
行經華陰
岧嶢太華俯咸京天外三峰削不成武帝祠前雲欲散
仙人掌上雨初晴 前解

图2：15～17 ［清］金圣叹选批 《贯华堂选批唐才子诗》
清顺治十七年（1660）守真草堂藏版

程中起到了关键作用。（图2：12～17）

这样一来，就引出了几个无法回避的问题：如果李白读到的《黄鹤楼》果真是以“昔人已乘白云去”开头的，他与崔颢竞争的故事岂不是第一脚就踩空了吗？而他的《登金陵凤凰台》与《黄鹤楼》的互文关系又从何谈起呢？具体来说，倘若《黄鹤楼》的开篇并没有提到“黄鹤”，《登金陵凤凰台》的首句“凤凰台上凤凰游”，究竟出自何处呢？

这是一个关于开头的故事，也事关原作与仿作之间的关系。但文本间的互文关系并非总是单一性或单向性的，所谓原作又未尝不是更早一篇作品的仿作。因此无论原作还是仿作，都只能相对而言。而所谓开头，也未必真的就是从头开始。接下来我们就会看到，崔颢的《黄鹤楼》自

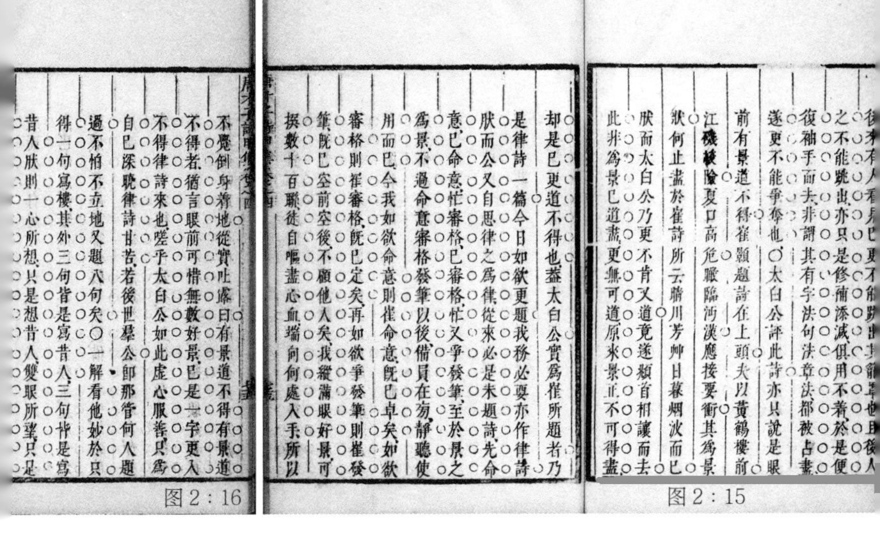

後來有人看見已更不能跳出其範圍也且後人
之不能跳出亦只是修補添減俱用不着於是便
復袖手而去非謂其有字法句法章法都被占盡
遂更不能爭奪也太白公評此詩亦只說是眼
前有景道不得崔顥題詩在上頭夫以黃鶴樓前
江磯險陝夏口高危瞰臨沔漢應接要衝其爲景
狀何止盡於崔詩所云晴川芳艸日暮烟波而已
然而太白公乃更不肯又道竟遂顇首相讓而去
此非爲景已道盡更無可道原來景正不可得盡

图 2：15

却是已更道不得也蓋太白公實爲崔所題者乃
是律詩一篇今日如欲更題我務必要亦作律詩
然而公又自思律之爲律從來必是未題詩先命
意已命意忙審格已審格忙又爭發筆至於景之
爲景不過命意審格發筆以後備員在旁靜聽使
用而已今我如欲命意則崔命意既已卓矣如欲
審格則崔審格既已定矣再如欲爭發筆則崔發
筆既已空前空後不顧他人矣我縱滿眼好景可
撰數十百聯徒自嘔盡心血端向何處入手所以
不覺倒身着地從實吐露曰有景道不得有景道
不得者猶言眼前可惜無數好景已是一字更入
不得律詩來也嗟乎太白公如此虛心服善只爲
自己深曉律詩甘苦若後世群公即那管何人題
過不怕不立地又題八句矣一解看他妙於只
得一句寫樓其外三句皆是寫昔人三句皆是寫
昔人然則一心所想只是想昔人雙眼所望只是

图 2：16

有来历，李白心知肚明。这涉及三个文本之间的关系，而不再是一对一的关系。《黄鹤楼》的首句究竟如何，一旦放到这个语境中来看，就变得不那么简单了。

如果仅在“白云”与“黄鹤”之间做取舍，前者固然有版本的依据，但后者从艺术上看，却颇能自成一说，还似乎占了情理的优势。在质疑“昔人已乘白云去”时，金圣叹就曾反问道：“白云出于何典耶？”[1]的确，昔人乘白云一去不返的说法，与有关黄鹤楼的任何典故都不沾边，可以说是全无来历，而接下来的“此地空余黄鹤楼”也因此失去了凭借——既然黄鹤从未出现过，“空余”二字究竟

〔1〕［清］金圣叹选批：《贯华堂选批唐才子诗》，收于［清］金圣叹著，陆林辑校整理：《金圣叹全集》第 4 册（南京：江苏古籍出版社，1985 年），卷 2，页 122。

从何说起呢？如果说白云是一个比喻，则比作白鹤尚可，黄鹤又如何可比？

主张“黄鹤”说的学者还从诗歌艺术的高下来立论，例如清人魏伯子就这样评论说：

> 后之俗人病其不对，改首句“黄鹤”为“白云”，作双起双承之体，诗之板陋固不必言矣！[1]

此说并无版本的依据，但他认为《黄鹤楼》若以“白云”开篇，便落入了双起双承的体式，变得板滞粗陋。这一评论切中肯綮，非个中人不能道也。言下之意，头两联若以“白云”起首，又回到“白云”，那就形成了一个循环往复的封闭格局，自我完成，自成一体。这样一个结构，缺乏向前推进的动力。诗才写到一半，就难乎为续了。而从“黄鹤”起，以“白云”结，恰好打破了这个格局。而连续三遍重复“黄鹤”，又造成了一个停顿复沓之势，也郁积了巨大的能量，直到第四句“白云千载空悠悠”，才释放出来。其势一泻千里，而余波不绝，又像白云那样绵延千载。诗人因此得以完成了一次时空上的转移，把目光从面向往昔的遥远凝望，带回到了当下的片刻。因此，接下来的目前之景“晴川历历汉阳树，春草萋萋鹦鹉洲”就来得毫无

[1] 见于［清］李锳：《诗法易简录》，收于《续修四库全书》编纂委员会编：《续修四库全书》第1702册（上海：上海古籍出版社，2002年），卷11，页16。

滞碍，水到渠成了。

以上这一番辨析，原无为“黄鹤”说正名的意思，但也并非无关宏旨。正像上述当代学者指出的那样，明清时期的诗选编者纷纷把《黄鹤楼》的起句改成“昔人已乘黄鹤去”，最终的依据不是别的，而很可能正是李白的《登金陵凤凰台》。换句话说，他们通过李白的仿作来反推崔颢的原作，也就是从《登金陵凤凰台》的头一句“凤凰台上凤凰游”，推断《黄鹤楼》必定以“昔人已乘黄鹤去”起首。这是一种逆转先后、本末倒置的做法，但这样一来，李白的仿作就不是凭空而来了，而崔颢的原作也因此而得到了改进，至少在魏伯子的眼中，就不再流于板陋，而变得跟李白的那首诗旗鼓相当了。这一段李、崔竞争的传奇，终于说得滴水不漏，皆大欢喜了。

不过，这桩诗坛公案的背后，还隐含了另一种可能性，那就是李白本人也很可能正是这样来读崔颢的《黄鹤楼》的。这也就是为什么他不取“白云”，而径以“凤凰”去跟“黄鹤”媲美了。我们当然不可能完全排除李白读到的版本正是“昔人已乘黄鹤去”，但即便不是，也没关系，因为李白在与《黄鹤楼》竞技的时候，已经暗自对它做了这样的改动，然后跟这个他修改过的版本去较量。这样做的效果之一，就是颠倒了两首诗的先后顺序和主从关系，以致看上去，不是李白在模仿崔颢，倒像是崔颢在模仿李白，却力有不逮，而瞠乎其后了。李白于759年前后在黄鹤楼所在地江夏所作的《江上吟》中写道：

仙人有待乘黄鹤，海客无心随白鸥。[1]

在他的心目中，黄鹤楼所纪念的那只黄鹤就是仙人的坐骑。由此看来，明清时期的唐诗选本把崔颢《黄鹤楼》首句的“白云”改成“黄鹤”，或许正是编者凭借着特权，兑现了李白在《登金陵凤凰台》中对《黄鹤楼》所做的解读。

诗坛的迟到者与心仪的前辈或同辈诗人去竞争，因而有意误读原作，必欲后来居上，反宾为主。与此相关的论述，在现代西方学界有哈洛德·布鲁姆关于强力诗人的影响焦虑说和误读理论，回到中国本土的传统文学批评，则以宋代的江西诗派为总其成者。

布鲁姆认为历史上（尤其是欧洲启蒙时代以来）的强力诗人，都摆脱不了迟到者的影响焦虑。诗歌的领地布满了先行者留下的诗篇，为了给自己打开一个新的空间，强力诗人不能不面对从前的巨人，并向他们发出挑战。而挑战的方式，恰恰是对他们的作品做出创造性的误读。在为 1997 年新版的《影响的焦虑》所作的序言中，布鲁姆把讨论的范围延伸到了启蒙时代之前，集中分析了莎士比亚与他的同代人马洛（Christopher Marlowe）的竞争关系。他并且指出，在莎士比亚的戏剧和十四行诗中，“影响”（influence）一词还有另一层含义，指的是“灵感”

〔1〕［唐］李白：《江上吟》，收于［唐］李白著，郁贤皓校注：《李太白全集校注》第 2 册，卷 5，页 779。

(inspiration)。前人的影响构成了焦虑与灵感的双重来源，也因此塑造了强力诗人的诗歌写作。[1]

依照布鲁姆的影响焦虑说来解读李白的《登金陵凤凰台》，学界已有先例，其中不乏洞见。[2]但布鲁姆的误读说本身也易于引起误会，尤其是在中文的语境中，"误读"往往意味着不小心或无意间造成的错读，而布鲁姆的误读则是有意为之。此外，误读说并不假设存在着一种"正确的阅读"，更不是以后者为前提的。布鲁姆所说的误读，除了 misreading，还有 misprision，出自古法语 mesprendre，意思是误解。但 misprision 又指渎职、隐匿和背叛，同时也是一个法律概念。为此，布鲁姆还借助弗洛伊德的精神分析理论，发展出一套心理学的解释，并与修辞学术语相互对应配合，用来揭示强力诗人有意挪用和误读前人作品的内心冲突、自我防卫和书写完成的过程。其结果有二：首先，诗作不再是独立自足的单元，而总是处在与别的文本的互文关系中。因此不能像从前那样，把一首诗当作自成一体的文本来解读，而不顾及它与过去和当代其他文本之间的复杂关系。其次，作为迟到者的强力诗人，往往通

---

〔1〕 Harold Bloom, "Preface: The Anguish of Contamination," in *The Anxiety of Influence: A Theory of Poetry*, xii.

〔2〕 见陈文忠：《从"影响的焦虑"到"批评的焦虑"——〈黄鹤楼〉〈凤凰台〉接受史比较研究》，页 513—524。沈文凡、彭伟：《〈黄鹤楼〉诗的接受——以崔李竞诗为中心》，收于沈文凡：《唐诗接受史论稿》，页 20—37。方胜：《崔颢影响了李白，还是李白改变了崔诗？——〈黄鹤楼〉异文的产生、演变及其原因》，页 23—29。

过对前人诗作做出有意的修改和偏离，以此来翻转时间的前后关系，从而把自己置于先行者的位置上。正如布鲁姆所说的那样，在他们的作品中，令人生畏的死者又回来了，但已经带上了他们的色彩，发出了他们的声音，至少在当下这个瞬间上，见证了他们的——而非死者自身的——坚忍不拔的存在。他所举的例子，包括哈代如何误读雪莱的诗作，艾略特的《荒原》如何挪用丁尼生的《圣杯》，等等。

与布鲁姆所讨论的欧美文学相比，中国语境中的典故出处等互文性现象更丰富，历史也更为悠久，而历代诗文中对于文本之间滋衍派生的语言网络的多重性与无限性，更有着言说不尽的观察与洞见。至于迟到者如何利用互文关系，化劣势为优势，变被动为主动，这一类的说法与做法，至迟到了宋代的江西诗派那里，也已蔚为可观了。布鲁姆致力于从心理与修辞这两个方面来揭示强力诗人如何遭遇前人压力，改窜前人诗章，而这在江西诗派的论述中，也不乏先例。彼此之间，颇有跨越时空展开对话的潜力。在这方面，当代学者杨玉成、周裕锴、Stuart Sargent 和 David Palumbo-Liu 等已多有论述，可以参照。[1]

---

〔1〕杨玉成：《文本、误读、影响的焦虑：论江西诗派的阅读与书写策略》，收于辅仁大学中国文学系、中国古典文学研究会主编：《建构与反思——中国文学史的探索学术研讨会论文集》（台北：台湾学生书局，2002 年），页 329—428；周裕锴：《文字禅与宋代诗学》（北京：高等教育出版社，1998 年）；Stuart Sargent，"Can Latecomers Get There First? Sung Poets and T'ang Poetry，" *CLEAR* 4（1982）：165-198； David Palumbo-Liu，*The Poetics of Appropriation：The Literary*（转下页）

生于唐代的诗歌黄金时代之后，宋人的压力可想而知。黄庭坚（1045—1105）就曾多次流露耻为人后的想法，希望通过"点铁成金""夺胎换骨"等"活法"，为诗歌写作打开新的空间。他一方面承认杜甫是难以逾越的诗派始祖，一方面又说杜诗也无一字无来历，从而剥夺了杜甫所享有的特权地位，把他与迟到者一道，抛入了无所不在的互文关系的天罗地网。江西诗派由此发展出了一套写作的修辞策略和自我辩护的说辞，包括对前人的作品，师其辞而反用其意的反向模仿或反转翻案。[1]那么，假如从他们的立场来评论李白的《登金陵凤凰台》，会出现什么情况呢？他们对这首诗该做何评论？这里不妨看几个类似的例子：

黄庭坚《题东坡书寒食诗》：

> 东坡此诗似李太白，犹恐太白有未到处。[2]

这句话用到李白和崔颢的身上，正是李白模仿崔颢，却有胜出崔颢之处。崔颢的确有诗在先，但"先到者"也不免有"未到处"。因此，时间上的优先位置并不能确保崔颢的无懈可击的优越性。李白恰好从崔颢的缺憾或不完善处下

（接上页）*Theory and Practice of Huang Tingjian*（Stanford：Stanford University Press，1993）。

〔1〕详见傅璇琮：《古典文学研究资料汇编·黄庭坚和江西诗派卷》上下册（北京：中华书局，1978年）。

〔2〕见［清］吴其贞：《书画记》，收于《续修四库全书》编纂委员会编：《续修四库全书》第1066册，卷4，页110。

手改进，所以反而能后来居上，高出一筹。

杨万里（1127—1206）《诚斋诗话》拿“述者”与“作者”比，双方互有胜负，在下面这个例子中，他认为，作为作者的唐人陆龟蒙（？—881）反被宋代的述者王安石（1021—1086）超过了：

> 陆龟蒙云：“殷勤与解丁香结，从放繁枝散诞香。”介甫云：“殷勤为解丁香结，放出枝头自在春。”作者不及述者。[1]

葛立方的《韵语阳秋》引宋人叶梦得（1077—1148）语，以兵家为譬：

> 诗人点化前作，正如李光弼将郭子仪之军，重经号令，精彩数倍。[2]

李光弼和郭子仪都是唐代名将，在平定安史之乱中，立下了大功。二人伯仲之间，难分高下。但这也正是叶氏的用意所在了。在他看来，将兵之乐，莫过于驱使名将训练过的部伍，令他们奔走于自己的号令而不暇，而精彩的程度更数

---

〔1〕［宋］杨万里：《诚斋诗话》，收于丁福保辑：《历代诗话续编》上册（北京：中华书局，1983年），页136。

〔2〕见［宋］葛立方：《韵语阳秋》，收于［清］何文焕辑：《历代诗话》下册（北京：中华书局，1981年），卷1，页490。

倍于从前。能做到这一点，便是将中之将。以此类推，擅于点化前人名篇名句的诗人，岂不就是诗人中的诗人吗？

然而，江西诗派在关于诗歌的基本理解上，偏离了传统诗学的正宗，也正因此而饱受争议。而这或许也正是为什么李白的《登金陵凤凰台》变得如此重要了。围绕着它所发生的争议，有助于我们发现问题的核心所在。尽管为李白叫好的评家代有其人，但批评的声音也从未止息。以倡导妙悟说而著称的宋人严羽，对它就不无保留：

> 凌云妙手，但胸中尚有古人，欲学之，欲似之，终落圈圚。盖翻异者易美，宗同者难超。太白尚尔，况余才乎？[1]

言下之意，只要心中横着一篇前人的作品，就做不到翻空出奇。不难理解，为什么严羽也极力反对江西诗派的"以文字为诗"。若要逃避这样的指责，就只有一种选择，那就是干脆否认李白是模仿者。清人沈德潜（1673—1769）评李白的《登金陵凤凰台》曰：

> 从心所造，偶然相似，必谓摹仿司勋，恐属未然。[2]

〔1〕［宋］严羽评点：《李太白诗集》，见［唐］李白著，郁贤皓校注：《李太白全集校注》第6册，卷18，页2621。

〔2〕［清］沈德潜：《唐诗别裁集》（上海：上海古籍出版社，1979年），卷13，页446。

清代的《唐宋诗醇》曰：

> 崔诗直举胸情，气体高浑；白诗寓目山河，别有怀抱。其言皆从心而发，即景而成，意象偶同，胜境各擅，论者不举其高情远意，而沾沾吹索于字句之间，固以弊矣。至谓白实拟之以较胜负，并谬为“槌（捶）碎黄鹤楼”等诗，鄙陋之谈，不值一噱也。[1]

借用严羽的说法，一旦承认是模仿前作，便落第二义矣。甚至只要一想到竞争，就已经输在了起跑线上。但这只是沈德潜的潜台词，因为他是从正面来立论的：这首诗是当下片刻上，心与物合、兴发感动之作，与崔颢的《黄鹤楼》无关，也就是根本否认这两篇作品之间存在任何意义上的互文关系。这并不必然意味着反对用典和出处，但之所以如此强调诗人触景生情，无心偶得，正是为了保证诗作的真诚性和即兴自发的独特品格。

“从心所造”或“其言皆从心而发”这一说法，其来有自，渊源久远。《诗大序》曰：

> 诗者，志之所之也，在心为志，发言为诗。情动于中而形于言，言之不足，故嗟叹之。嗟叹之不足，故永

〔1〕［清］乾隆敕编：《御选唐宋诗醇》，收于［清］纪昀、永瑢等编：《景印文渊阁四库全书》第1448册，卷7，页184。

歌之。永歌之不足，不知手之舞之、足之蹈之也。[1]

诗歌的吟咏并非自觉的、有意识的行为，而是情不自禁的冲动。"情"与"志"在由内向外表达时，直接诉诸歌唱和舞蹈，与身体的下意识活动分不开，因此自然而然而又未知其所以然。的确，在言及诗歌时，《诗大序》只是说："发言为诗"，又说："情动于中而形于言"，仿佛不过是内在情志生发外化过程中所留下的外部痕迹而已，完全不假人力，因此也没有为诗歌语言的修辞艺术留下空间。这是去修辞学的诗学，也是悖论式的诗学，但对后世影响深刻，构成了中国古典诗歌合法性论述的权威来源。[2]

这也正是为什么唐人孔颖达（574—648）在《毛诗正义》中要力戒"矫情"了。《诗经》融诗、乐、舞为一体，但对情的体现却有高下之分与远近之别。孔颖达特别在"声"与"音"之间做出了区分：情动于中而发于声，此为自然之声。谱成乐曲，被之管弦，如五色斐然成文，于是便有了"音"。"音"与"发言为诗"的"言"接近，皆属于"文"的范畴。所以，《关雎序》曰："情发于声，声成文，谓之音。"孔颖达《毛诗正义》的疏解曰：

---

〔1〕［汉］毛亨传，［汉］郑玄笺，［唐］孔颖达疏：《毛诗正义》，页269—270。

〔2〕将诗歌作品视为作者彼时彼地真情实感的自然流露，无疑体现了中国古典诗歌批评的最高理想。这对于克服诗歌写作陈陈相因的陋习，固然不失矫正之功，可一旦用于实际的文学批评，却也极容易流于滥用，从而堕入意图谬误（intentional fallacy）的陷阱，并有意或无意地无视（转下页）

> 设有言而非志，为之矫情；情见于声，矫亦可识。若夫取彼素丝，织为绮縠，或色美而材薄，或文恶而质良，唯善贯者别之。取彼歌谣，播为音乐，或词是而意非，或言邪而志正，唯达乐者晓之。[1]

钱锺书总结孔颖达的这一说法为“情发乎声与情见于词之不可等同”，因为“诗之言可矫而乐之声难矫”，但“乐之声难矫”的概括不够准确。[2]孔颖达对“声”的论述，听上去近似“语音中心”论或“发音中心”论（phonocentrism），而实际上又有所不同，因为他把“言”与“音”都纳入了“文”的范畴，从而有别于“声”。“声”是“情”的直接的、未经中介的体现，而“文”则不然，经过了编织和文饰的工艺，因此也更容易失之“矫情”。在这里，“矫”指的是工艺对质料造成的扭曲和掩饰。在把“素丝”织成“绮縠”的过程中，会出现两种相反的情形：一是编织的技艺高超，焕然成章，掩盖了质料成色的

（接上页）或贬低古典诗歌的修辞艺术和互文关系。有鉴于此，王尔德的机智警告仍不失其相关性：“所有的烂诗都发自真诚的感情，素朴自然意味着一目了然，而一目了然就是非艺术性的。”原文作：“All bad poetry springs from genuine feeling. To be natural is to be obvious, and to be obvious is to be inartistic.” Oscar Wilde, “The Critic as Artist, Part Ⅱ,” in *Oscar Wilde: The Major Works*, ed. Isobel Murray (Oxford: Oxford University Press, 2000), p. 289.

〔1〕［汉］毛亨传，［汉］郑玄笺，［唐］孔颖达疏：《毛诗正义》，页270。

〔2〕钱锺书著：《管锥编》（一）上卷（北京：生活·读书·新知三联书店，2001年），页124、120。

不足；二是编织的技艺粗劣，遮蔽了质料的精良。将这个“编织”的比喻应用到语言文字上，于是便有了“词是而意非”和“言邪而志正”。也就是说，在“词”与“意”、“言”与“志”之间，发生了分离，甚至悖反。这是孔颖达所深感不安之处，他为此再三致意，唯恐不及。显然，在他的语汇中，“意”“志”与“情”是相互一致、彼此重叠的概念，而不做刻意区分。而在从歌之“声”向乐之“音”和诗之“言”的过渡当中，发生了“文”的介入，因此与“情”渐行渐远。与此相应增长的，是“矫情”的危险。反观《周易·乾卦·文言》，或许就不难理解其中“修辞立其诚”的告诫，也正是出自同样的顾虑。〔1〕

由此看来，在评价李白的《登金陵凤凰台》时，坚持认为它是“从心而发”，也就是为了确保它是“情动于中”而“发言为诗”的，从而杜绝“矫情”的隐患。这是一个防范性的策略，因为我们知道，修辞是文饰的艺术，互文是编织的一种形式。而《登金陵凤凰台》正是以其修辞技艺和互文编织而引人注目的。换句话说，尽管从情志说衍生出来的诗学论述具有无可争辩的合理性和权威性，它所表达的理念却未必能够有效地解释诗歌实践与诗歌作品。就中国古典诗歌的文本构造而言，体裁格式、修辞技法和包括用典、出处在内的互文关系，无疑起到了至关重要的作用，可是在情志说的框架中，

〔1〕［魏］王弼、［晋］韩康伯注，［唐］孔颖达疏：《周易正义》，页15。

却难以获得认可和支持。这些方面的论述只有到了“文”的范畴内，才得以展开。而由上可见，孔颖达把“言”和“音”都归入“文”，但“文”毕竟与歌之“声”不同，与“情”隔了一层。我在下文还会回溯梁朝刘勰关于“天文”与“人文”的“彰显”说。彰显说将古典文学批评的宇宙论推向了一个新的高度，因此与情志说的取径视角判然不同。可是即便在刘勰那里，“人文”一方面与“天文”相对应，另一方面又由“言立”而归于“心生”，最终仍试图与情志说达成妥协。而在情志说的框架内，修辞学的发展势必受到限制。

无论如何，在李白与崔颢之间高下轩轾，变成了后人表述诗歌观的场合，而这也正是一次难得的机会，让我们得以回顾和评价古典诗学的一些重要的相关命题。

有必要指出的是，深受西方浪漫主义文学观念的影响，现代学者往往选择性地关注中国古典诗论中近似欧洲浪漫主义抒情诗的某些论述，因此自觉或不自觉地在两者之间建立起对应关系，并从中衍生出理解和评价中国古典传统的理想范式。源自《诗大序》的“情动于中”的自发说，似乎正是一个理想的选择。但这一做法显然忽略了以下两个重要的前提差异：其一，即便是传统文论中的“性灵说”也不是建立在个人主义的前提之上的，与后者关于个人的主体性、创造性和真诚性的观念相去甚远；其二，传统诗论、文论中有关“情”的论述预设了个人内心“情感”状态与外部“情境”或“情势”之间的连续性关系，而不是假定个人存在的自主性，因此无法根据主体与客体的二元模式来理解。从浪漫主义的立场来解读李白的这首《登金陵凤凰台》，也不免方枘圆凿，实际上无计可施。

在前人对李白与崔颢的评价中，除去延续和发挥情志说这一理论之外，也不乏其他的一些说法。例如，宋代的刘克庄（1187—1269）认为，即便李白有意模拟崔颢，也未必就是甘拜下风。从作品来看，他们两人棋逢对手，难分胜负：

> 古人服善。李白登黄鹤楼有"眼前有景道不得，崔颢题诗在上头"之句，至金陵遂为《凤凰台》以拟之。今观二诗，真敌手棋也。若他人，必次颢韵，或于诗之傍别著语矣。[1]

李白叹服崔颢的《黄鹤楼》诗，但并没有因此认输，而是伺机而起，与之掎角相争。他不像别人那样，采用次韵的做法，写一首唱和之作了事，更没有顾左右而言他——前者是附和敷衍，后者就成了躲闪回避。在刘克庄看来，这些都不足取，而且也不是李白的做法。

李白通过题写凤凰台，营就了另一处名胜之地，那是一个独立的所在，也是一个新的开始。毕竟在他之前，还

〔1〕［宋］刘克庄著，王秀梅点校：《后村诗话》（北京：中华书局，1983 年），页 8。

没有题咏凤凰台的名篇，而凤凰台与黄鹤楼之间也距离遥远，互不相关。但李白却偏要选择崔颢作为先行者，把自己放在了一个迟到者的位置上。这岂非多此一举，跟自己过不去吗？实际上，崔颢的《黄鹤楼》之所以成为黄鹤楼的奠基之作，迟到者功不可没：正是他们的模仿复制赋予了它无法取代，更难以超越的独特地位。然而，这在李白又并不意味着放弃。他挪用了《黄鹤楼》的句式和篇章结构，是为了在自己经营的文字世界中对它们施加改造。也就是迟到者以自己构造的诗歌世界去收编重构前作，从而迫使读者通过他题咏凤凰台的作品来阅读崔颢的《黄鹤楼》诗，并对它做出评价。李白之志在此，而非争一时一地之短长。李白所凭借的，并非他的天才纵逸，戛戛独造，而是他无与伦比的互文编织的修辞技艺。

三　李白的黄鹤楼「情结」

文字与视域的吊诡

李白从黄鹤楼上下来，又到凤凰台上去与崔颢较量。但他仍不断回到黄鹤楼一带，改换一个角度，继续向崔颢挑战。这一次他并没有以黄鹤楼为题，而是把视线投在了鹦鹉洲上，诗题就叫作《鹦鹉洲》。而这正是崔颢《黄鹤楼》诗中写到的“芳草萋萋鹦鹉洲”。

> 鹦鹉来过吴江水，江上洲传鹦鹉名。
> 鹦鹉西飞陇山去，芳洲之树何青青。
> 烟开兰叶香风暖，岸夹桃花锦浪生。
> 迁客此时徒极目，长洲孤月向谁明。[1]

唐代的鹦鹉洲今已沉没，原为武昌城外长江中的陆洲，上起鲇鱼口，下至黄鹤矶，大致坐落在今武汉市西南一带的长江中。由崔颢的诗中可知，从黄鹤楼上一眼望去，鹦鹉洲和长江北岸的汉阳树一样，都清晰可辨，如在目前。然而有意思的是，李白在鹦鹉洲上“极目”四望，却全然不见黄鹤楼的影子。黄鹤楼与鹦鹉洲之间的空间关系，本来蕴含了通过目光往还而形成应答对话的可能性。崔颢从黄鹤楼上把目光投向了鹦鹉洲，但李白却没有从鹦鹉洲上报之以回望。他对来自黄鹤楼的凝望视而不见。这是有意为之的不见，不是真的没看见或看不见。

---

〔1〕［唐］李白：《鹦鹉洲》，收于［唐］李白著，郁贤皓校注：《李太白全集校注》第6册，卷18，页2641。

唐代写鹦鹉洲的诗篇远不及写黄鹤楼的多，在李白的时代，还有孟浩然的一篇《鹦鹉洲送王九之江左》，首联开门见山：

昔登江上黄鹤楼，遥爱江中鹦鹉洲。[1]

黄鹤楼与鹦鹉洲，就像一副对联的两个对句，彼此难分难解，尽管也不是没有例外。这是来自黄鹤楼的眺望，正像崔颢笔下的鹦鹉洲，完全笼罩在了他的目光之中。而这样一个鹦鹉洲的形象，因此就被纳入了以黄鹤楼为中心的视域中去了。但李白的这首诗《鹦鹉洲》，却把鹦鹉洲从黄鹤楼的视域中抽离出来了。他创造了一个以鹦鹉洲为核心的世界，与黄鹤楼没有目光的交会与往还，与崔颢《黄鹤楼》诗所写的空间也避免发生任何交叉或重合。最令人惊奇的是，他甚至将黄鹤楼从视野中一笔抹去，没留下一点痕迹。这是一次出色的心理防卫：他成功地避开了赫然在目的黄鹤楼，至少从视觉上看是这样。

但反讽的是，尽管黄鹤楼渺无踪影，《黄鹤楼》诗的句式与意象组合的方式却没有随之消失，反而在李白的《鹦鹉洲》里大张旗鼓地重现了。同他的《登金陵凤凰台》相比，这首诗更接近崔颢的《黄鹤楼》诗，几乎亦步亦趋地

[1] [唐]孟浩然：《鹦鹉洲送王九之江左》，收于[唐]孟浩然著，佟培基笺注：《孟浩然诗集笺注》（上海：上海古籍出版社，2000年），页277。

照搬了后者的诗行结构。于是，《鹦鹉洲》一诗在“黄鹤楼的缺席”与“《黄鹤楼》诗的重现复制”之间，就形成了意味深长的对比与互补关系：一方面是视而不见，另一方面却又纠缠不休。除了首句之外，取代黄鹤而来的鹦鹉，也在原诗中黄鹤一词的位置上，毫无悬念地出现了。由此我们可以看到李白内心的黄鹤楼“情结”，如何在视觉呈现和文字修辞这两个不同的层面上，分别折射出来。〔1〕

我不想在心理分析的路上走得太远，因为难免有猜想和揣度的成分。但《鹦鹉洲》在见与不见、变与不变之间，还是留下了许多解释的空间。它的头两联出自《黄鹤楼》，但把“鹦鹉”变成了首句的主语，置换了崔颢诗中的“昔人”。“昔人已乘白云去”变成了“鹦鹉来过吴江水”，鹦鹉因此扮演了更主动、更重要的角色，但《黄鹤楼》诗的句式和词法基本保持不变。可以想见，李白花了一番功夫揣摩原诗，就像是在做句式练习。唐段成式（约 803—863）《酉阳杂俎·语资》云：

> ［按：李］白前后三拟《词选》［按：《李太白集》王琦注引作《文选》］，不如意，悉焚之；唯留《恨》《别》赋。〔2〕

〔1〕 请参见赵昌平：《李白的“相如情结”——李白新探之二》，《文学遗产》1999 年第五期，页 9—15。可知李白并不只是与当代诗人较量，对从前的作者如司马相如，也是如此。他是一位不折不扣的强力诗人。

〔2〕［唐］段成式：《酉阳杂俎·语资》（北京：中华书局，1981 年），前集卷 12，页 116。

模拟《文选》正是当时的一种写作练习，连桀骜不驯、特立独行的李白也是这么练出来的。从《鹦鹉洲》可以看到，李白似乎还拿不准怎样才能超越崔颢，有一点儿缩手缩脚，按部就班，读起来就像是一篇不成熟的句法习作。但李白拆解《黄鹤楼》诗又重新加以组装的技巧，仍不免令人赞叹。

比如说，《黄鹤楼》的颈联是“晴川历历汉阳树，春草萋萋鹦鹉洲”。到了李白的《鹦鹉洲》，就变成了颔联的第二句“芳洲之树何青青”，也就是将原诗中的两句合并成了一句来写。此外不要忘了，在唐诗的敦煌抄本中，崔颢诗中的“春草萋萋”就写成了“春草青青”。而所谓“芳洲之树”的“树”，显然出自“汉阳树”，“芳洲”反身自指“鹦鹉洲”。李白在《望鹦鹉洲悲祢衡》中也是用“芳洲”来写鹦鹉洲的：“至今芳洲上，兰蕙不忍生。”[1]“芳洲”最早的出处自然是《楚辞》，但在这个特定的题目上，很难说与崔颢的《黄鹤楼》无关。如前所述，在《黄鹤楼》的后世流传本中，“春草萋萋鹦鹉洲”作“芳草萋萋鹦鹉洲”。正因为如此，我不想轻易否定这个后世广为传播的《黄鹤楼》版本，其中的“芳草”尽管不见于现存的唐人唐诗选集，但也可能来历久远，故未可遽下断言。当然，我们最终也不能排除李白创造性地“误读”原作，用“芳草”替代了崔颢诗中的“春草”。

---

〔1〕［唐］李白：《望鹦鹉洲悲祢衡》，收于［唐］李白著，郁贤皓校注：《李太白全集校注》第 6 册，卷 19，页 2827。

《鹦鹉洲》的尾联是“迁客此时徒极目，长洲孤月向谁明”。它向我们展示，李白的模拟练习，不仅体现为在原诗的空间架构内部进行意象和词汇的替换，还体现为诗歌时间的顺延：他用“孤月”替代了崔颢诗中的“日暮”，而从“日暮”黄昏到“孤月”高悬，在时间上是一个延伸的关系，也就是接着《黄鹤楼》一路写了下来。而那个极目远眺的望乡人，也仿佛穿越了《黄鹤楼》篇末的那个凝固的瞬间，从日暮一直伫立到月夜，进入了《鹦鹉洲》的时间范围。

回头来读李白《鹦鹉洲》的首联和颔联，我们不难看到，诗歌文本的互文关系何等强大，足以抹杀或掩盖掉题写胜地自身的特殊性。李白以鹦鹉取代黄鹤，但它们背后的典故却各不相同，无法相互替换。黄鹤楼固然是因为黄鹤而得名，但鹦鹉洲之所以得名，却与鹦鹉无关，而是因为东汉晚期的祢衡（173—198）曾经作过一篇《鹦鹉赋》。据传，江夏太守黄祖的长子黄射曾在此设宴，有客献鹦鹉，黄射便请祢衡为之作赋。祢衡的《鹦鹉赋》借鹦鹉以自寓，写自己寄人篱下、怀才不遇的命运。他如同鹦鹉那样，或流飘万里，远播陇山，或身陷雕笼，心力交瘁。[1]可那毕竟是寓言文字中的鹦鹉，未可坐实来看。而客人献上的那只鹦鹉，本为笼中之物，又哪里谈得上自来自去呢？

〔1〕［东汉］祢衡：《鹦鹉赋》，收于［梁］萧统编，［唐］李善注：《文选》上册，卷13，页200—201。

所以，《鹦鹉洲》的头一句“鹦鹉来过吴江水”，实际上完全没有根据。可没有根据不等于没有出处，它的出处就正是崔颢《黄鹤楼》中的“黄鹤一去不复返”！黄鹤的掌故与鹦鹉毫不相干，用到《鹦鹉洲》中，自然造成了名实之间不相吻合。“江上洲传鹦鹉名”，已经是空有其名了，正如“此地空余黄鹤楼”。而“鹦鹉来过吴江水”从一开始就子虚乌有，有名无实。它唯一的凭借正是它与《黄鹤楼》之间的互文关系：这是一个文本上的联系，因文生事，因事见情，只不过用“鹦鹉”偷换了《黄鹤楼》里的“黄鹤”罢了。

这无疑是一只寓言中的鹦鹉，但在李白的《鹦鹉洲》中似乎失去了《鹦鹉赋》中的象征寓意，而变成了描写的对象。不过，这一转变并没有真正完成，毕竟“鹦鹉”是从《鹦鹉赋》中引申或借用而来的，因此也只能通过这一互文关系来理解。此外，在《鹦鹉洲》的尾联中，李白将言说者的身份确定为“迁客”，可见他并没有完全放弃祢衡《鹦鹉赋》中鹦鹉流飘万里、远播陇山的颠沛流离的象征性。然而，李白的《鹦鹉洲》不仅复制了《黄鹤楼》的篇章和句法，而且在尾联中从意义和结构的层面上同时呼应并延续了崔颢《黄鹤楼》的尾联。这再次提醒我们，它的母本是《黄鹤楼》，而不是《鹦鹉赋》。而在《黄鹤楼》所设置的框架中，《鹦鹉赋》中的那只鹦鹉终不免徘徊于实写与寓言之间，显得进退失据，左右为难。

由上可见，李白虽然题写鹦鹉洲，但念兹在兹的，仍然是崔颢的《黄鹤楼》。在李白这里，题写的具体对象绝非关注的所在，甚至无关紧要。重要的是，它提供了一个方便的借口，让他去复制《黄鹤楼》的诗行句式与通篇结构，并对其实施改造。

关于《鹦鹉洲》，还有一个说法，那就是怀疑它是崔颢的作品，对此我们需要做一点说明。实际上，李白与崔颢的诗作发生混淆，并不限于这一首。傅璇琮在《唐才子传校笺》中，参照清人王琦的注本《李太白全集》，对《入清溪行山中》二首，略作考辨。[1]正如王琦指出的那样，《文苑英华》把这两首诗都列在了李白的名下，但其中一首又见崔颢集。[2]可知在宋初就已经出现了李、崔二人诗作相混的情况。前面说过，他们两人的诗风颇有相近之处，发生混淆也不令人惊讶。但《鹦鹉洲》一诗的情况还略有不同。崔颢模仿自己的《黄鹤楼》重写一篇的可能性不高，除非是拿它来试笔，也就是先有《鹦鹉洲》，而后有《黄鹤楼》。但无论何种情况，都缺乏证据的支持。从艺术成就来看，同样是出自《黄鹤楼》，《鹦鹉洲》跟《登金陵凤凰台》固然无法同日而语，与《黄鹤楼》相比，也只能算是一篇模拟的习作。有人猜想，李白先依照《黄鹤楼》写了《鹦鹉洲》，自知不如，却又“于心终不降”，直到写出了《登金陵凤凰台》，“然后可以雁行无愧矣”。[3]虽无证据，可

〔1〕傅璇琮编：《唐才子传校笺》第1册，页203。

〔2〕［唐］李白著，［清］王琦注：《李太白全集》（北京：中华书局，1957年），卷30，页7—8。

〔3〕同上，卷21，页11。

备一说。不论如何，崔颢都没有必要在《鹦鹉洲》的题目下重写一遍《黄鹤楼》，但李白这样做的可信度就要高得多——关于他与《黄鹤楼》的故事，还远远没有结束呢。

重温崔颢《黄鹤楼》首句的“白云”“黄鹤”之辨，我们既已读过了李白《登金陵凤凰台》的头一句“凤凰台上凤凰游”，又有李白《鹦鹉洲》开篇的“鹦鹉来过吴江水”为证，《黄鹤楼》以“昔人已乘黄鹤去”起首，看起来也并非没有可能了，至少我们有足够的理由认为，在李白的心目中是如此。这正是李白的《鹦鹉洲》带给我们的一个意外收获。

四　竞争、占有与名胜题写的互文风景

这场以诗角逐的竞赛，是围绕着名胜书写而展开的。而这正是我们讨论的中心问题。所谓名胜之地，通常由历史遗迹或纪念性的地标建筑构成，是可以在地理空间中确定下来的一个地点（topos），但它同时又是一个供人书写和议论的题目或话题（topic）。中国历史上的名胜之地，既是物质的存在，又是书写的产物——书写赋予它以意义，也规定了观照和呈现它的方式。[1]它被文本化了，而且通过历代的文字题咏和评论，形成了自身的历史。这一文本化的名胜建构与名胜之地的历史平行交叉，并且从根本上塑造了人们心目中的名胜形象，但并不依赖于名胜古迹的物质实体而存在。访寻或登览一处名胜古迹，就是接受一次题写的邀请，而题写又意味着加入前人的同题书写的文字系列，与他们进行想象中的对话。名胜的话题因此具有了自我衍生和自我再生产的能力。

初盛唐时期在名胜题写的历史上，占据了一个特殊的位置。这首先与近体诗在当时的成立定型是分不开的，因为题写名胜的诗作大多采用了近体诗的形式。此外，结束了南北朝的分裂之后，唐代拥有了辽阔的疆域和统一的版图，名胜地图也开始重构：过去的遗迹迎来了新的游客，新的地标建筑也正在兴起。与此同时，漫游成

〔1〕 参见 Eugene Y. Wang, “Tope and Topos: The Leifeng Pagoda and the Discourse of the Demonic,” in *Writing and Materiality in China*, ed. Judith Zeitlin and Lydia Liu (Cambridge: Harvard University Asia Center, 2003), pp. 488-552。

为文士普遍选择的一种生活方式。读万卷书，行万里路，没有谁终老于故乡。在一个诗的时代，诗人的足迹遍布南北，将历史古迹和地标建筑题写成为名胜。因此，这一时期的诗歌发展与名胜风景版图的拓建，变得彼此难解难分。我在这里除了黄鹤楼和凤凰台之外，还会提到洪都（今南昌）的滕王阁、洞庭湖畔的岳阳楼、长安的慈恩寺、岳麓山的道林寺、白帝城和巫山的神女祠等，当然只能是挂一漏万而已。但在这些名胜之地的诗文建构中，我们已足以看到唐人自我作古的倾向，哪怕是历史悠久的所在，也不妨碍他们从头开始。巫山的神女祠，经唐人之手重建，从此打上了当代诗人的标记，更不用说洞庭湖边的岳阳楼了。而在其上赫然书写孟浩然和杜甫的诗作，又提醒了所有访客他们迟到者的身份。这无疑体现了唐人的自信：他们一方面通过诗歌题写来建构风景名胜和历史胜迹，另一方面又毫不迟疑地确认当代诗歌典范，并通过诗选、题壁和有关的叙述传闻，将这些作品写进了诗歌史。而这两个方面基本上是同步展开的，二者之间也存在着不可切割的内在关联。

于是，便有了一位诗人以一首名篇占据一处名胜的现象。这一现象虽起自李白与崔颢的竞争，但到中唐之后，才逐渐在诗歌的写作与评论中得到广泛的响应。后世的诗人前赴后继，推波助澜，终于形成了以唐人题写名胜为话题的蔚然大观。

宇文所安（Stephen Owen）曾经在“占有”的题目

下，讨论过唐代诗人与“胜地”的关系。[1]所谓“占有”可以从字面上来理解，指私人买地，拥有一处风景胜地，或经营自家的别业。这是一种经济行为，涉及购买、转手、交易和所属关系，而中心的问题在于所有权。但诗人往往从截然不同的立场来做出回应。白居易（772—846）在他的《游云居寺赠穆三十六地主》中写道：

胜地本来无定主，大都山属爱山人。[2]

他提醒这位地主，胜地本无定主，而属于他这样的“爱山人”。

因为涉及私人的别业和园林，占有和命名成了两个相互关联的问题。而所谓的“名”既包括园亭别业之名，也包括主人之名，因为唯有将此一胜地附在主人名下，才能点明其间的所属关系。但从后人的立场来看，占有只是短暂的，命名又能否保持长久呢？

明人刘侗（约 1593—1637）和于奕正在他们的《帝京景物略》中，曾经这样描写北京的钓鱼台：

---

〔1〕 Stephen Owen, “Singularity and Possession,” in *The End of the Chinese Middle Ages: Essays in Mid-Tang Literary Culture* (Stanford: Stanford University Press, 1996), pp. 12-33.

〔2〕［唐］白居易著，谢思炜校注：《白居易诗集校注》（北京：中华书局，2006 年），页 1024。

一园亭主，易一园亭名，泉流不易也。园亭有名，里井人俗传之，传其初者。主人有名，荐绅先生雅传之，传其著者。[1]

这座钓鱼台，如同其他的园亭那样，屡次易名，但只有最初的命名流传下去了。同样，园亭的主人不断更替，也只有著名的几个名字，在后世口耳相传。他们显然并非因园亭而著名，而是别有所成。这样看起来，主人为了抵抗时间的遗忘，以确保自己对园亭的象征性的永久拥有，必须首先有所建树才行，根本不能把宝押在园亭主人的身份上。

清代的李渔（1611—1680）回答更妙：山可以用钱买到，却无法“居而有之”。哪怕再有钱，“终不能消前人之姓氏，而代以已名”。即便是大声宣布“此山为我有也”，又能得到谁的认可呢？因为归根结底，拥有权的竞争并非发生在经济和交换的领域，而是发生在书写的领域：

且余向尝为伊山别业诗，载入集中，稍布遐迩矣。他日过此者曰：“是即李子之山也。”子宁不怒？夫阳匪而寻诗，务使离奇瑰玮出余上，寿诸梨枣，胫翼人

〔1〕［明］刘侗、于奕正撰：《帝京景物略》（北京：北京古籍出版社，1983年），页213。

间，俾见者曰："伊山不属李子矣，售得其人矣。"[1]

在李渔看来，这才是真正意义上的占有：如果你真有本事，我们就在题写伊山别业上一见高下。你要是写出比我更"离奇瑰玮"的文字，而且广为传播，人人点头认可，这座伊山实际上已不再属于我李渔所有了，而"售得其人矣"，也就是"卖"给了真正值得拥有它的人。在这一独特的交易中，金钱起不了任何作用。唯有"离奇瑰玮"的诗文，才有可能与名山胜地形成一种物尽其值的等价兑换关系。所以，李渔在回答"然则恃何以居之"这一问题时说：

恃绝德畸行，与瑰玮之诗文。其价值足与相当，则此山遂改易姓字，竭精毕能以归之，虽历古今，变沧桑，不二其主。[2]

伊山别业，堪称胜地，李渔何德何能，竟然"居而有之"？李渔的回答把伊山人格化了：正是因为李渔这样的"绝德畸行"者，以伊山为题写下了"离奇瑰玮之诗文"，伊山自

[1] [清]李渔：《卖山券》，收于[清]李渔：《李渔全集》第1册（杭州：浙江古籍出版社，1992年），页128—129。关于李渔这方面的论述，详见S.E. Kile, "Toward an Extraordinary: Li Yu's (1611-1680) Vision, Writing, and Practices" (PhD dissertation, Columbia University, 2013): 42-47。

[2] 同上。

愿归属李渔，哪怕天荒地变，也“不二其主”。这就是李渔版的“胜地本来无定主，大都山属爱山人”说。

回到唐代的历史语境，天宝年间，王维在今陕西蓝田县南二十里的辋川一带，购置了一处别业。他以此为题写下大量的诗文，最著名的是五言绝句《辋川集》二十首，其一曰：

新家孟城口，古木余衰柳。
来者复为谁？空悲昔人有。[1]

谁是这里将来的主人，此地往昔又曾为谁所有？曾经拥有此地的昔人，固然不可能永远将它占据，而当下在此设置别业的王维，又何尝能够摆脱同样的命运？但王维的不同之处正在于，他通过诗文的写作，打造了一个文本化的诗国胜地。他因此超越了辋川不断易主的历史，而将它一劳永逸地归在了自己的名下。[2]

私人拥有的别业和园林尚且如此，面向每一个人敞开的风景名胜和历史胜迹，就更是如此了：一旦说到黄鹤楼这样不属于任何个人的名胜建筑，崔颢根本不需要像买山

〔1〕［唐］王维：《孟城坳》，收于［唐］王维撰，陈铁民校注：《王维集校注》（北京：中华书局，1997年），卷5，页413。

〔2〕据史传记载，王维晚年购得宋之问的辋川别业。可知他《辋川集》中所悲悼的“昔人”，实有所指。但后人提到辋川，却只记得王维，这不能不归功于他的辋川诗文了。

者那样，“消前人之姓氏，而代以己名”。他以诗歌题写的方式，顺理成章地将它“占”了下来，“据”为己有。黄鹤楼因此被称作“崔氏楼”，而凤凰台则非李白莫属了。

当然，崔颢无心，李白有意。这是一个从执念纠缠（obsession）到占据、拥有（possession）的故事，发生在迟到者的视野与写作中。〔1〕

于是，每一处名胜和有可能成为名胜的所在，都变成了诗人竞技角逐的战场，争取在上面永久性地签上自己的名字。而名胜的版图又同时构成了诗坛的版图：占据了名胜的诗人被写进了当代文学的景观，从而在诗坛上占据了一席之地。在他们的身后，后来者以诗的形式向他们致意，或者感慨自己的迟到或“余生也晚矣”，在这个地点和题目上，“后之诗人不复措词矣”！

值得说明的是，以一首诗占据一处名胜，还有一句重要的潜台词，也就是意味着诗人一次性地完成和穷尽了对它的书写，并以这种方式影响或制约了后人对它的观照与感受。就一处具体的名胜而言，这首诗就是它的奠基之作；从后来者的角度看，又是一个难以逾越的先例。然而，它之所以成为奠基之作和难以逾越的先例，并不是因为作者个人的“独创性”，而是因为他处在一个相对优先的时间位置上：在没

〔1〕与黄鹤楼相比，金陵凤凰台的命运远远算不上显赫。后世台址失考，地貌景观也发生了改变，与李白的诗歌对不上号。题写凤凰台的诗篇也因此相形逊色。尽管前有李白题写，后有宋人续作，毕竟无法与黄鹤楼的诗歌题写系列同日而语。

有或很少先例的情况下，他兴发感动，写下了彼时彼地的所见所感。而人同此心，心同此感，这样的诗篇于是便具有了超越作者个人之上的“普遍性”的品格，因为它写出了每一位亲临此地者的印象与观感，也令每一位读者点头称是。关于即景诗的传统假定在此又一次产生了效力。

这样一个关于即景诗写作的讲述言之凿凿，听上去颇能自圆其说。但它随即便遇上了互文性（intertextuality 或 trans-textuality）的魔鬼。尽管李白的《登金陵凤凰台》的确是出自崔颢的《黄鹤楼》，但出处本身又有出处，范本自己也是仿本。李白是迟到者，固然毫无疑问，但崔颢又何尝不是呢？他的《黄鹤楼》之前，已经有了沈佺期的《龙池篇》。清人王琦引田艺蘅（1524—？）云：

> 人知李白《凤凰台》《鹦鹉洲》出于《黄鹤楼》，不知崔颢又出于《龙池篇》。[1]

《龙池篇》是初唐诗人沈佺期的作品，王琦又引了赵宧光（1559—1625）的说法，认为崔颢还不止一次模仿这首诗：他先是写了一首《雁门胡人歌》，不满意，又写了《黄鹤楼》，“然后直出云卿（按：沈佺期）之上，视《龙池篇》

---

〔1〕 王琦引明人田艺蘅语，见［唐］李白著，［清］王琦注：《李太白全集》，卷 21，页 10；又见［明］田艺蘅：《诗谈初编》，收于［明］田艺蘅：《留青日札》（上海：上海古籍出版社，1992 年），卷 5，页 90。

直俚谈耳。”[1]这一场诗歌竞技，还是崔颢笑到了最后。不过，《雁门胡人歌》与《龙池篇》仍多有不同之处，视为仿作未必恰当，这里暂且不论。最早指出《黄鹤楼》祖述《龙池篇》的是宋人严羽：

> 《鹤楼》祖《龙池》而脱卸，《凤凰》复倚黄鹤而翩毵。《龙池》浑然不凿，《鹤楼》宽然有余。《凤台》构造亦新丰。[2]

他的看法是，崔颢的《黄鹤楼》虽然以沈佺期的《龙池篇》为范本，却卓然独立，不受拘束。赵宧光从《诗原》中征引《龙池篇》曰：

> 龙池跃龙龙已飞，龙德先天天不违。
> 池开天汉分黄道，龙向天门入紫微。
> 邸第楼台多气色，君王浮雁有光辉。
> 为报寰中百川水，来朝此地莫东归。[3]

如赵宧光所说，与崔颢的拟作《黄鹤楼》相比，《龙池篇》

[1] 见王琦引赵宧光语，[唐]李白著，[清]王琦注：《李太白全集》，卷21，页11。
[2] 转引自[唐]李白著，郁贤皓校注：《李太白全集校注》第6册，卷18，页2621。
[3] [唐]沈佺期、宋之问著，陶敏、易淑琼校注：《沈佺期宋之问集校注》（北京：中华书局，2001年），页194。

读起来像是顺口溜一类的“俚谈”。但我们又不能不承认，它同时也是一次炫技的表演，在前两联中一口气连用了四个“天”字和五个“龙”字，而一个“龙”字，头一行就重复了四次之多。

到目前为止，我都只是用李白的《登金陵凤凰台》和《鹦鹉洲》分别跟崔颢的《黄鹤楼》比照来读。一旦把沈佺期的这首《龙池篇》也考虑进来，情况就大不相同了：李白写下《登金陵凤凰台》，不仅要跟崔颢的《黄鹤楼》一比高下，甚至还追溯到了《黄鹤楼》所模仿的范本，那就是《龙池篇》。横在李白心里的，并不只是一篇《黄鹤楼》而已，他连《黄鹤楼》的范本也不肯放过。可以这样说，他不仅要与崔颢较量，还加入了崔颢的行列，一同向沈佺期叫板。

细心的读者或许很快就可以分辨出《黄鹤楼》与《龙池篇》在句式和语法上的差异，而且《龙池篇》也未必是登览题写之作，但田艺蘅毕竟独具慧眼。他在包括《雁门胡人歌》在内的这四首诗中看出了一个共同的模式：

> 沈诗五龙二池四天，崔诗三黄鹤二去二空二人二悠悠历历萋萋，李诗三凤二凰二台，又三鹦鹉二江三洲二青，四篇机杼一轴，天锦灿然，各用叠字成章，尤奇绝也。[1]

---

〔1〕王琦引明人田艺蘅语，见［唐］李白著，［清］王琦注：《李太白全集》，卷21，页10；又见［明］田艺蘅：《诗谈初编》，《留青日札》，卷5，页90。

所谓“机杼一轴”指这四首诗就像是用同一架织机和同一把织梭纺织出来的锦缎那样，有着相似的图案纹理，也正是所谓“各用叠字成章”。

此说甚好，但我还想就《龙池篇》的结构做一点补充：它在开篇头一句便点出标题上的“龙池”，而且陈述了龙已飞去的事实，所谓龙池变得有名无实。接下来重复使用了龙的意象，造成复沓徘徊的态势，然后放开手，让它一飞冲天，一去不返。前面已经说过，李白在模仿崔颢时，他读到的《黄鹤楼》有可能也正是以“昔人已乘黄鹤去”起首的，要么就是他自己把开篇的“昔人已乘白云去”的“白云”读成了或改成了“黄鹤”。假如是后一种情况，我们现在也终于明白了：李白并非任意修改，而是有所依据的。这个依据就是沈佺期的《龙池篇》。

拿《登金陵凤凰台》和《龙池篇》对照来读，我们还会发现它开篇的“凤凰台上凤凰游，凤去台空江自流”一联，演绎的正是《龙池篇》首联的上句和颔联的下句，即“龙池跃龙龙已飞”与“龙向天门入紫微”。李白通过重复“凤凰”来营造徘徊不前的姿态，而首句句末的“游”既是对这一姿态的确认，又与下一句中同一位置上的动词“流”形成了对照。表面看去，“流”字写的是江水奔流不息，实际上也暗示了凤凰的一去不回。相比之下，《龙池篇》的第一句就写了龙的飞去，但在“龙池跃龙”的意象中，还是暗示了它曾在龙池停留。李白也在首句中写到了凤凰在凤凰台上徘徊徜徉，而这正是来自《龙池篇》的，因为《黄鹤楼》并无任何一处写到黄鹤的逗留憩息。其次，《龙池篇》从“龙已飞”到“入紫微”，呈现的是同一个动作在空间中的连续展开，缺乏意义上的推进。而李白却在同一联的“凤凰游”与“江自流”之间，造成了对比的张力。两相比较，李白有模仿，也有改写。他沿袭了《龙池篇》和《黄鹤楼》的基本构架，但又志不在此，而是要在沈佺期和崔颢设置的游戏规则中，同时击败他们二人。

由此看来，名胜题写的模式原来是可以复制的，可以从一处挪用到另一处，而非一次性的产物，也不专属于一个固定的地点。李白是一位竞争者和挑战者，但不是在黄鹤楼上。那一处名胜已经被崔颢占去了，他只能转移到还没人写过的凤凰台上，在那里从头起步。但他的凤凰台题诗自身却是接续着一个现存的题诗系列而来的，实现了一次从《龙池篇》到《黄鹤楼》最后到《登金陵凤凰台》的三级跳。所以，尽管从地点上说，李白的《登金陵凤凰台》是一次重新开始，但就诗作自身来看，却仍旧是一个继续。沈佺期的诗歌句式和意象组合方式，稍加调整变动，就从龙池移置到了黄鹤楼，又经由李白之手，转移到了对凤凰台和鹦鹉洲的题写。关于另一处名胜的诗篇，就是这样衍生出来的。这里起决定性作用的，并非此时此地的所见所感——尽管这说起来似乎也很重要，而且诗作本身也的确纳入了这一名胜之地的某些特殊性。但更重要的是，它与前作之间的互文关系及其连续性和变异性。这就是我所说的名胜题写的“互文风景”（intertextual landscape 或 trans-textual landscape）。

在这一互文风景的背后，是一位强力诗人与当代和前朝的诗人之间，通过题写名胜而竞争的故事。但也正是在这里，我们看到了这一故事，如何最终与布鲁姆关于“强力诗人”的“影响焦虑”理论发生了分歧：尽管竞争的动机是个人的，但结果却不限于个人行为，而且也超出了两篇诗作之间的关系。值得强调的是，李白与先行者的竞争是通过模仿来进行的，并遵循了大致共同的规则。其结果并不是以他的作品颠覆前作或替代前作，而是与之形成了不可分离的互文关系，并更重要的是，最终将它们共同纳入了一个共享的互文风景。在这一互文的风景中，共同的模式（篇章结构和诗行句式）大于个例之间的差异，但是这一模式又因为不断变奏改写，而得以丰富和扩展，并通过从中派生出来的作品而衍生不已。（图 4：1～2）

这一古典范式如何为其自身正名呢？它的合理性的依据究竟何在呢？上面讨论互文性时，提到了江西诗派。在江西诗派的倡导者的视野中，诗歌文本的互文关系显然大于它与呈现对象或指涉对象之间的关系。因此，我们只能通过参照前作而对一首诗做出解释。同样，诗人之间的角逐竞争也正是在文本的场域中展开的，与他们诗作所涉及的对象世界并无直接关系。无疑会有人指责江西诗派本末倒置，舍本逐末，切断了文学写作的生活之源，但江西诗派完全可以在一个更高的宏观层次上来演绎“文”的概念，从而声称我们生活于其中的那个世界，本身就经过了文的洗礼，因此也早已被“书写”过了。不仅人工制作的“人文”是如此，宇宙和

图 4：1 ［元］夏永（1271—1368）《黄楼图》 册页 绢本墨笔
纵 16.7 厘米 横 20.6 厘米 美国纽约大都会艺术博物馆藏

此图疑为《黄鹤楼图》，描绘仙人驾鹤离开黄鹤楼的情形。但其上抄录的那一段文字却是宋代苏辙的《黄楼赋》，据此，图中所绘当为徐州的黄楼，而非黄鹤楼。然而这一段题记中多有讹误和漏抄之处，抄录者是否夏永，已无从查证 。方闻推测该图描绘的是黄鹤楼，后因增补苏辙的《黄楼赋》作为题记，遂以此图为黄楼的写照。若此说成立，则古典名胜绘画中也有了“移动的风景”，与古典诗歌的“互文风景”彼此呼应，相映生辉。详见 Wen Fong（方闻），*Beyond Representation: Chinese Painting and Calligraphy, 8th–14th Century*. Princeton Monographs in Art and Archeology, no.48（New Haven: Yale University Press, 1992）: 397–402。

图 4 : 2 ［元］夏永 《黄鹤楼图》 册页　绢本墨笔　纵 26 厘米 横 25 厘米　云南省博物馆藏（杨成书摄）

该图与前面的《黄楼图》当出自同一幅绘画，或为彼此的复制品。夏永现存的界画作品往往每一幅都有两至三个不同的复制件，疑均出自夏永本人之手。因此，Jonathan Hay（乔迅）用 reproductive hand（复制之手）来描述他的这些图绘。见 Jonathan Hay，"The Reproductive Hand，" in *Between East and West: Reproductions in Art*（Special Issue of Artibus et Historiae）ed.，Shigetoshi Osano，2013：319-333。参见魏冬：《夏永及其界画》，《故宫博物院院刊》1984 年第 4 期，页 68—83。

自然界的“天文”也包括在内，因为它们呈现了共同的模式（pattern），诸如千变万化的对称图案等等。因此，“文”所编织出来的那张大网，铺天盖地，包罗万象，没有谁能置身其外。而诗人的所作所为，无非就是在既存的文本化模式的内部做出调整，重新编排组合，点化置换，创造出文字意义衍生变异的空间与新的可能性。

由此看来，“互文”这一概念的优势正在于，它可以从微观与宏观的不同角度来加以理解和应用：在微观的层面上，它是一个具有操作性的技术术语，指涉文学作品之间的文本关系，能够落实到诗行和字、词的最小单位上。它所指涉的现象包括出处、典故，以及模仿、替换、偏离和反转等等。就宏观而言，“互文”具有广泛的覆盖性，与“文”的概念相通，因为我们显然无法限于一个单篇作品来讨论“文”的问题。

上述讨论将我们带回到梁代刘勰（约465—532）所阐发的中国古典主义诗学的“彰显”（manifestation）说，而彰显说的核心概念正是“文”。此说源远流长，到刘勰手里被发扬光大，得到了系统的表述。在他看来，“文”之为“德”，彰显于天地万物，从日月山川云霞的“垂丽天之象”“铺理地之形”，到草木龙凤虎豹的“藻绘呈瑞”“炳蔚凝姿”，无往而不成其为“文”的征象。可知所谓“文”指的是由天地万物所彰显的各类图式，这些图式在自然界与人的世界的不同领域和不同层面上各自展开，而又彼此连类呼应，令人小中见大，一叶知秋，看到它们共同组成的更大的图式。而人居于天地人三才之列，为性灵之所钟。因此，文又有赖于心的参悟与言的媒介：

> 心生而言立，言立而文明，自然之道也。[1]

言因心而立，“文”因言而得到彰显，是为“人文”。“人文”出于“自然之道”，并没有脱离“天文”而独立存在，而是与天文之间具备了一种内在的同构性，并产生“共振”效应。与此同理，天地万物所体现的天文也并非外在于人文而存在，更没有构成人文的对象或客体。诗歌作为人文的一部分，正是文经由心与言的媒介而产生的自内而外的彰显，而不是对任何外在对象或客体世界的模仿和再现。换句话说，“彰显说”的意旨，正在于将文视为世界的征象，而非对世界的描摹。以此而论，彰显说完全不同于欧洲古典主义的模仿说（mimesis）或再现说（representation）。

彰显说令人不得不重审即景诗的真正含义。如果把题写

---

〔1〕［梁］刘勰：《文心雕龙·原道》，见范文澜注：《文心雕龙注》（北京：人民文学出版社，1962年），页1。Stephen Owen, chapter Five “Wen-hsin tiao-lung”, in *Readings in Chinese Literary Thought* (Cambridge: Council on East Asian Studies, Harvard University Press, 1992), pp. 183-298; Chapter One “Omen of the World: Meaning in the Chinese Lyric”, in *Traditional Chinese Poetry and Poetics: Omen of the World* (Madison: University of Wisconsin Press, 1985), pp. 12-53. 郑毓瑜：《导论：文与明——从天文与人文的类比谈起》，《引譬连类：文学研究的关键词》（台北：联经出版事业股份有限公司，2014年8月第二版），pp. 29-60。

名胜的唐诗放在一起来考察，我们就会发现，占据了一处名胜之地的诗篇，未必具有前所未有的独特性。不仅李白的《登金陵凤凰台》之前有崔颢的《黄鹤楼》，而且《黄鹤楼》之前还有沈佺期的《龙池篇》。李白在模拟和改写《黄鹤楼》的同时，也揭示了后者的来历与出处，并因此瓦解了关于它的神话。这首被公认为定义了黄鹤楼的诗篇，不过是互文风景的一部分，与黄鹤楼之间并不存在无可替代的内在关联。从这个意义上说，崔颢与李白一样，都是迟到者。

说到唐代的互文风景，初唐诗人王勃（650—676）的《滕王阁》似乎早就拟好了一张总的蓝本。（图 4：3）乍看上去，崔颢和李白的登临之作，与《滕王阁》的篇章结构都判然不同，但稍加审视，就不难看到它们如何共同演绎了《滕王阁》在今与昔、见与不见的时空关系中所展开的感知结构。这一内在结构既彰显于景物的图像关系之中，也转化为诗歌自身的语言模式。这些登览之作不仅通常同押“侯”韵，在意象的安排与对比上，也打上了《滕王阁》的烙印：

滕王高阁临江渚，佩玉鸣鸾罢歌舞。
画栋朝飞南浦云，珠帘暮卷西山雨。
闲云潭影日悠悠，物换星移几度秋。
阁中帝子今何在，槛外长江空自流。[1]

---

〔1〕［唐］王勃著，［清］蒋清翊注：《王子安集注》（上海：上海古籍出版社，1995 年），页 76—77。

图 4：3 ［元］夏永 《滕王阁图》 册页 绢本墨笔
纵 25.5 厘米 横 26 厘米 上海博物馆藏

此图再次见证了名胜图绘中的“移动的风景”。它与图 4：1～2 的《黄鹤楼图》出自同一个构图模式，只不过通过置换等手法略做调整而已。例如，在画面的左侧，以一扬帆而去的孤舟替换了乘鹤远行的仙人。类似的例子请参见图 8：1～4 夏永《岳阳楼图》。

别的暂且不说，仅以诗人在滕王阁上抚今追昔的感叹为例："闲云潭影日悠悠，物换星移几度秋。"尽管此时距离滕王建阁的时间并不久远，他当年"佩玉鸣銮"的歌舞场面毕竟风流云散。而这一联的意象组合岂不正预示了黄鹤楼前的"白云千载空悠悠"吗？互文的名胜风景是可以移动的风景，它的基本修辞手法，就是诗歌意象的"延伸性的替换"——在时间上向过去延伸，在空间上做相关性的意象替代。如前所述，这些初盛唐诗作所关注的恰恰是名与实的无法统一：名胜楼台的名称被抽空了具体所指的特殊性，从而变成了一个飘浮的能指符号。无论具体的情境如何千差万别，也无关登览与否，所有题写名胜的诗人，都生活在互文关系所结成的这同一张意义网络之中。他们在其中见所见而来，闻所闻而去。正是：

黄鹤一去不复返，槛外长江空自流。

五　重返黄鹤楼

从毁灭到重建

我们已经看到李白如何改换角度和转移地点，来重写崔颢的《黄鹤楼》诗。但他并没有放弃黄鹤楼这一处名胜之地，尽管搁笔一说在后世广为传播。实际上，李白一生多次写到黄鹤楼，其数量之多，在唐代诗人中，首屈一指。除去专门题写之作，顺笔提及的诗篇就更多了，这都并非偶然。接下来读的这一篇，题目是《江夏赠韦南陵冰》。李白又一次回到了江夏，并且重返黄鹤楼。时间是759年，李白流放夜郎至三巴，遇大赦顺长江而返，在黄鹤楼上受到了韦南陵的宴请。韦南陵即韦冰，曾任南陵县令，与李白过从甚密，其子渠牟年十一，赋《铜雀台》绝句，深得李白赏识。李白在诗中回顾了二人自安史之乱后，各自东西漂泊，却又在此地意外相遇。惊喜之余，痛饮酣歌，诗人口吐狂言：

> 我且为君搥碎黄鹤楼，君亦为吾倒却鹦鹉洲。
> 赤壁争雄如梦里，且须歌舞宽离忧。[1]

黄鹤楼是设宴饮酒的所在，而李白在稍后所作的《自汉阳病酒归寄王明府》中说："愿扫鹦鹉洲，与君醉百场。"[2]可知鹦鹉洲也是宴饮的好地方。而这首诗中的"我且为君搥

---

〔1〕［唐］李白：《江夏赠韦南陵冰》，收于［唐］李白著，郁贤皓校注：《李太白全集校注》第3册，卷9，页1426。

〔2〕［唐］李白：《自汉阳病酒归寄王明府》，收于［唐］李白著，郁贤皓校注：《李太白全集校注》第4册，卷11，页1701。

碎黄鹤楼，君亦为吾倒却鹦鹉洲”再一次提醒我们，黄鹤楼与鹦鹉洲经常成双成对地出现在诗歌中。它们并峙在一起，就是天造地设的对仗关系。李白在同一时期所作的另一首诗中也写道：

一忝青云客，三登黄鹤楼。
顾惭弥处士，虚对鹦鹉洲。[1]

参照李白的这几篇诗作，反过来重读他的《鹦鹉洲》，如在目前的黄鹤楼竟然神奇地消失了，岂不就显得格外扎眼，甚至欲盖而弥彰了吗？

更有趣的是，李白在赠韦冰的诗中，声称要替主人把黄鹤楼捶得粉碎。他以一句笑谈为借口来施加语言的暴力，将黄鹤楼一劳永逸地化为乌有。我们可以想象，如果崔颢的确在黄鹤楼上留下了他的《黄鹤楼》题诗，那首诗也免不了被一同消灭掉。其结果就是，后来者无论身在何处，都既无可能也没必要再去题写一首《黄鹤楼》诗了——这一愿景何等令人兴奋和憧憬！对于李白来说，想要克服黄鹤楼情结，最好的办法就是将楼一举捶碎。他在《鹦鹉洲》中已经成功地把黄鹤楼从视域中抹去了，这里又要以暴力的方式将它从版图上除掉。这二者之间，不过五十步与百

〔1〕［唐］李白：《经乱离后天恩流夜郎忆旧游书怀赠江夏韦太守良宰》，收于［唐］李白著，郁贤皓校注：《李太白全集校注》第3册，卷9，页1372。

步之遥。

我无意于夸大李白的黄鹤楼情结，仿佛他处心积虑，无时无刻不在跟崔颢较量。这个例子的好处，正在于它是一句玩笑话。但玩笑的不可取代之处，又莫过于此了，让李白在看似漫不经心的谈笑之间，吐露了不能明言的隐衷。这一点，我们无须求助现代精神分析理论就可以明白。实际上，这首诗并没有正面写黄鹤楼，更不属于游览或登临一类，但李白拐弯抹角，还是写到了黄鹤楼，而提到黄鹤楼，却是为了最终将它捣碎。这一曲折的修辞策略及其背后的心理过程，留下了耐人寻味的话题。

下面这首《醉后答丁十八以诗讥余捶碎黄鹤楼》，是顺着上一首的思路写下来的：

黄鹤高楼已捶碎，黄鹤仙人无所依。
黄鹤上天诉玉帝，却放黄鹤江南归。
神明太守再雕饰，新图粉壁还芳菲。
一州笑我为狂客，少年往往来相讥。
君平帘下谁家子，云是辽东丁令威。
作诗调我惊逸兴，白云绕笔窗前飞。
待取明朝酒醒罢，与君烂漫寻春晖。[1]

〔1〕［唐］李白：《醉后答丁十八以诗讥余捶碎黄鹤楼》，收于［唐］李白著，郁贤皓校注：《李太白全集校注》第5册，卷16，页2358。

这首诗是戏谑文字，如同是上一篇的续作，兑现了“捶碎黄鹤楼”的诺言。因此，它又是所谓“设言之辞”，从中衍生出了虚构的情节和对话。在崔颢的《黄鹤楼》那里，黄鹤一去不复返。但到了这一篇，它竟然回来了，而回来后才发现没有地方可以落脚，所以就向玉帝告了一状。于是，当地的太守应玉帝之命重修黄鹤楼。据《搜神后记》记载：

> 丁令威，本辽东人，学道于灵虚山，后化鹤归辽东，集城门华表柱。[1]

作者借丁令威指代丁十八，同时暗示了丁十八与归鹤之间的关联。这位丁令威不仅化鹤归来，向玉帝告了一状，而且还作了一首诗，嘲笑李白捶碎黄鹤楼的狂言。作者声称这首诗就是一个答复：因为丁十八以诗调侃，他的写作灵感被重新唤醒，变得一发而不可收了。

这样一首作品，我们应该怎么来解读呢？不难想见，有的读者会当即抗议说，它很可能是一篇伪作，根本就不值一读。在我看来，这固然是两个相互关联的问题，但又不应该混为一谈。

明人杨慎（1488—1559）是较早质疑这首诗的学者，他认为非李白所作，而是宋代禅僧的玩笑之辞，借李白黄

〔1〕 汪绍楹校注：《搜神后记》（北京：中华书局，1981年），卷1，页1。

鹤楼搁笔一事敷衍而成：

> 其后禅僧用此事作一偈云："一拳捶碎黄鹤楼，一脚踢翻鹦鹉洲。眼前有景道不得，崔颢题诗在上头。"旁一游僧亦举前二句而缀之曰："有意气时消意气，不风流处也风流。"又一游僧云："酒逢知己，艺压当行。"原是借此一事设辞，非太白诗也。流传之久，信以为真。宋初，有人伪作太白《醉后答丁十八》诗云"黄鹤高楼已捶碎"一首，乐史编太白遗诗，遂收入之。近世解学士作《吊太白诗》云："也曾捶碎黄鹤楼，也曾踢翻鹦鹉洲。"殆类优伶之语，太白一何不幸耶？〔1〕

宋人普济的《五灯会元》中也记载了几位禅师连缀的偈语，但文字略有不同：

> 一拳拳倒黄鹤楼，一趺趺翻鹦鹉洲。
> 有意气时添意气，不风流处也风流。〔2〕

可见在宋代，李白的黄鹤楼情结已经成为禅僧笔墨游戏的话题了。而另一句相关的偈语"黄鹤楼前鹦鹉洲"，以我之

〔1〕［唐］李白著，［清］王琦注：《李太白全集》，卷19，页15。
〔2〕［宋］普济著，苏渊雷点校：《五灯会元》，页1188。

见，倒是开门见山，在有意无意之间，揭示了李白在《鹦鹉洲》中对黄鹤楼的视而不见。不过，清人王琦指出了杨慎上述评论的一个不察之误——他不知道真正的出处来自李白自己的诗作：

> 太白《江夏赠韦南陵》诗，原有“我且为君搥碎黄鹤楼，君亦为吾倒却鹦鹉洲”之句，要是设言之辞，而玩此诗，则真有搥碎一事矣。要之，禅僧偈语，本用《赠韦》诗中语，非《醉答丁十八》一诗本禅僧之偈而伪撰也。升庵因彼而疑此，殆亦目睫之见也夫。[1]

王琦不同意杨慎的意见，因为这首《醉后答丁十八》是从李白的《江夏赠韦南陵冰》引申出来的。既然没有人怀疑《江夏》一诗是伪作，我们又如何能够仅仅因为宋代的禅僧曾经挪用它的句子来写偈语，便进而怀疑这首《醉后答丁十八》也是僧人的伪作，或根据僧人的偈语而编造的呢？

实际上，这首诗中黄鹤归来的设言之辞，在李白的作品中也是有迹可循的。例如他在747年冬天，也就是在写了《登金陵凤凰台》不久之后，又写了一篇《金陵凤凰台置酒》，其中有这样几句：

〔1〕［唐］李白著，［清］王琦注：《李太白全集》，卷19，页15。

借问往昔时，凤凰为谁来？
凤凰去已久，正当今日回。[1]

可见，黄鹤去而复返的模式被李白顺手套用到了凤凰身上。而反过来说，既然凤凰可以归来，黄鹤的归来又岂非顺理成章吗？《醉后答丁十八》中提到的丁令威，也是以化鹤归辽东而为人所知的。丁令威的传说有云：

时有少年举弓欲射之，鹤乃飞。徘徊空中而言曰："有鸟有鸟丁令威，去家千年今始归。城郭如故人民非，何不学仙——冢累累！"遂高上冲天。[2]

如前所见，丁令威化鹤还乡，"集城门华表柱"，但他随即遭到了持弓少年的骚扰，不得已而离去。这与《醉后答丁十八》中黄鹤重返黄鹤楼，却无处托身的情境正相吻合。所以，《醉后答丁十八》一诗的构思，既出自李白的《江夏赠韦南陵冰》，也脱胎于丁令威的典故，而诗题上的丁十八就是那只无所归依的黄鹤。在这个特定的语境中，以丁令威的典故接续"昔人已乘黄鹤去"的传说，显示了诗人运思的敏捷与巧妙；而用丁令威来指代丁十八，又是对丁十八的机智调侃和反唇相讥。整首诗在用典与修辞上前后

〔1〕［唐］李白：《金陵凤凰台置酒》，收于［唐］李白著，郁贤皓校注：《李太白全集校注》第5册，卷17，页2480。
〔2〕汪绍楹校注：《搜神后记》，卷1，页1。

呼应连贯，丝丝入扣，读起来妙趣横生。

关于《醉后答丁十八》的作者问题，我以为王琦的说法有道理。至少还没有充分的理由把它归入伪作，而在新的证据出现之前，不妨把这个问题暂时搁置起来。我关心的问题是：这首诗究竟说了些什么？内部的结构脉络是如何形成的？是否蕴含了需要破译的密码？引出了哪些值得探究的问题？因此，这首诗是不是李白所作，并不是关键所在。重要的是，它以诗的形式加入了李白与崔颢的《黄鹤楼》一争高下的写作系列，并且把这一系列所蕴含的题写行为的模仿性、竞争性、表演性和物质性，都推向了极致。

这样来读《醉后答丁十八》就会发现，无论作者是不是李白，他都在与崔颢纠缠和较劲。他把《江夏赠韦南陵冰》中的允诺当作事实来宣布："黄鹤高楼已捶碎"，而这无疑是对崔颢的示威。但奇妙的是，崔颢的《黄鹤楼》诗却没有因为想象中黄鹤楼的毁灭而消失。恰恰相反，它仍然支配着《醉后答丁十八》的写作。这首诗的开头部分，就是出自崔颢《黄鹤楼》的头两联，不仅采用了类似的句法，而且"黄鹤"先后重复了四次，偏要胜他一筹。但黄鹤、黄鹤楼和驾鹤归去的仙人三者之间的关系都发生了变化。崔颢在《黄鹤楼》中感叹"黄鹤一去不复返""此地空余黄鹤楼"。《醉后答丁十八》回应道：昔日仙人已驾鹤归来，可是黄鹤高楼今何在？作者一方面通过重复和变奏《黄鹤楼》的语言句式而向崔颢致敬，另一方面却逆转了《黄鹤楼》的内容，并且索性把黄鹤楼从它原来的地址上一举抹去。他同时在做这两件相互冲突的事情，以一个既依存又否定的暧昧姿态，来定义他的《醉后答丁十八》与崔颢的《黄鹤楼》之间的关系。而这正是这首诗最迷人的地方。它让我们想到了前面读过的李白的《鹦鹉洲》，那首诗在黄鹤楼的缺席与《黄鹤楼》诗的重奏之间，也形成了类似的反讽张力。

捶碎黄鹤楼并不是诗的结束，而是一个开始。太守新修黄鹤楼，正是开始的标志，而他也借此重新发出了题壁的邀请。最重要的是，这次的题壁与崔颢所写的黄鹤楼无关。《醉后答丁十八》发挥了《江夏赠韦南陵冰》的未尽之意，又以李白与崔颢的竞技为潜台词，寓意丰富，机趣盎然。无论作者是谁，它都为李白的黄鹤楼情结做出了一个富于心理洞见的精湛描述，同时也以虚设之辞，呈现了黄鹤楼情结被克服的过程。这是一篇有待深入梳理分析的作品。

六 粉壁与题诗

诗歌写作的物质媒介及其语言密码

我们在上一章读过了收在李白集子中的《醉后答丁十八》这首诗，其中一联写道：

> 神明太守再雕饰，新图粉壁还芳菲。

这一联看上去平淡无奇，不过状写新修的黄鹤楼和新刷的墙壁罢了。但它的重要性远不止于此，而是涉及题写名胜的一系列关键问题。

首先，在当时的诗歌文化中，新图粉壁与题壁诗是紧密关联在一起的。把墙壁粉刷一新，就是一个邀请题壁作诗的姿态。题壁作诗是公共场合中具有表演性的行为，不仅题壁的作品公开呈现给观众读者，有时甚至题壁的行为本身就是一次现场表演。所以，粉刷墙壁如同是预先搭好了戏台，就等诗人出场了。有意思的是，这里作者用了一个动词“雕饰”，它具有好几层意义：既是指雕琢装饰重新修复的黄鹤楼，包括粉刷墙壁，又可以用来描写书写的动作和诗歌的修辞风格，所谓“清水出芙蓉，天然去雕饰”〔1〕。雕饰粉刷一新的黄鹤楼，重申了对诗人的题写邀请。（图 6：1）

题壁诗是唐代的普遍现象，今人对此已有详尽的论述。〔2〕具体来说，所谓题壁，各有不同。有时是在壁上直接

---

〔1〕［唐］李白：《经乱离后天恩流夜郎忆旧游书怀赠江夏韦太守良宰》，收于［唐］李白著，郁贤皓校注：《李太白全集校注》，卷 9，页 1386。

〔2〕罗宗涛：《唐人题壁诗初探》，《中华文史论丛》第 47 期（1991 年 5 月），页 153—181。范之麟：《唐代诗歌的流传》，收于中国唐代（转 111 页）

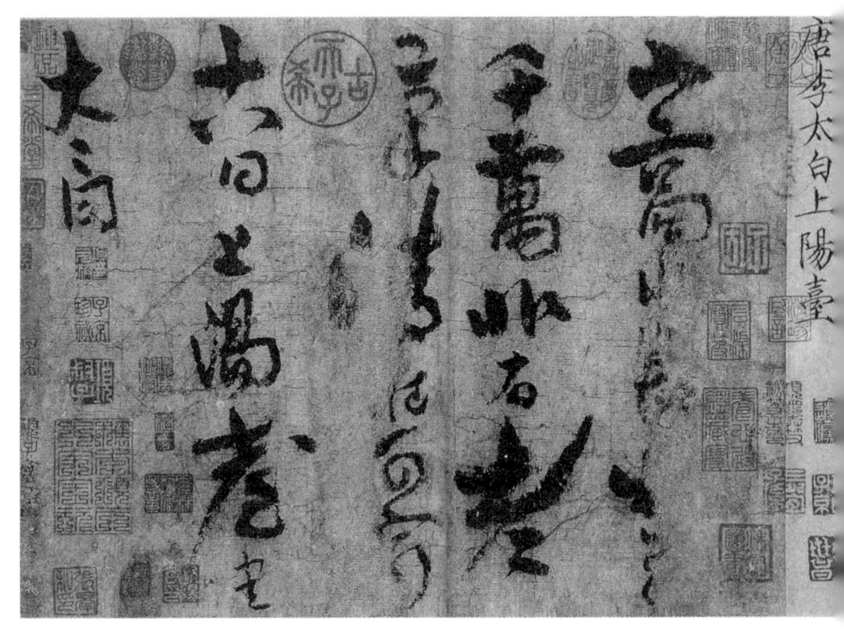

图 6：1 ［唐］李白 《上阳台》帖 纸本墨笔
纵 28.5 厘米 横 38.1 厘米 故宫博物院藏

此帖是李白传世的唯一墨迹，帖文曰：“山高水长，物象千万。非有老笔，清壮何穷？十八日上阳台书。太白”

书写，有时是题写在木牌或木版上，然后挂在或钉在墙上。题诗牌或题诗版有益于环境的整饰，也易于管理和控制，因此常见于亭台楼阁、佛寺道观和驿站旅店等公共场所。唐人冯贽的《云仙杂记》有这样一条关于李白题壁的记载：

> 李白游慈恩寺，寺僧用水松牌，刷以吴胶粉，捧乞新诗。白为题讫，僧献玄沙钵、绿英梅、檀香笔格、兰缣绔、紫琼霜。〔1〕

寺僧特意邀请李白题壁作诗，因此还以礼物相赠，有如润笔。这与普通的题壁诗的情况，还有所不同。但慈恩寺的水松牌，也为我们想象当时其他名胜之地的题壁作诗，提供了一个具体的参照。〔2〕

另一条关于白居易的记载，见晚唐范摅的《云溪友议》：

（接109页）文学学会、西北大学中文系主办：《唐代文学论丛》总第5、6期（西安：陕西人民出版社，1984、1985年），页266—284，136—159。吴承学：《论题壁诗——兼及相关的诗歌制作与传播形式》，《文学遗产》1994年第4期，页4—13。

〔1〕［唐］冯贽：《云仙杂记》，收于［清］纪昀、永瑢等编：《景印文渊阁四库全书》第1035册，卷2，页650。《云仙杂记》的作者、成书时代，以及内容是否详实可靠，仍多有争议。但唐人题壁诗往往题写在水松牌等不同形式的诗牌或诗版上，却是不争的事实，详见下文。我引述该书，用意也无过于此。

〔2〕关于唐代题诗常用的诗牌或诗版，详见周斌：《唐宋诗牌与诗歌题写及传播》，《中国海洋大学学报》2015年第6期，页123—128。

> 秭归县繁知一，闻白乐天将过巫山，先于神女祠粉壁，大署之曰："苏州刺史今才子，行到巫山必有诗。为报高唐神女道，速排云雨候清词。"〔1〕

这位县令，不仅粉刷了神女祠的墙壁，还在上面提前写好了一首序诗，当作公开的邀请发表出来，同时恨不能把神女也请出来，就像调度戏台布景那样，呼云唤雨。一切都安排停当，单等白居易按时登场，即兴挥毫表演。《云溪友议》接着写道：

> 白公睹题处，怅然，邀知一至，曰："历阳刘郎中禹锡，三年理白帝，欲作一诗于此，怯而不为。罢郡经过，悉去千余首诗，但留四章而已。此四章者，乃古今之绝唱也，而人造次不合为之。"〔2〕

这一场面的确被戏剧化了，白居易果然变成了一位演员，但没有像繁知一期待的那样登台唱戏，而是临阵怯场了——繁知一亲自编导并翘首以待的戏曲高潮，变成了一次令人失望、大煞风景的反高潮。用白居易的话说，在巫山这一处名胜风景的大戏台上，刘禹锡（772—842）也是"怯而不为"的。而传说中的李白，从黄鹤楼上下来，同样

〔1〕［唐］范摅：《云溪友议》，收于上海古籍出版社编：《唐五代笔记小说大观》（上海：上海古籍出版社，2000 年），页 1263。
〔2〕同上。

交了白卷。

白居易在这里重述了一个我们早已熟悉的故事：名胜之地早就被先行者的诗作占了去，迟到者已经无话可说。不只是他不敢造次题诗，连在白帝做了三年地方官的刘禹锡，也没有留下一首诗。先行者的题诗把他们压垮了。

那么，刘禹锡选出来的这四位永久性地占据了巫山胜景的唐代诗人又是谁呢？他们分别是沈佺期、王无竞、李端和皇甫冉。他们的诗作每每见于唐人的当代诗选，包括《珠英学士集》《国秀集》《御览诗》《中兴间气集》《极玄集》和《又玄集》等。这与后世对他们的评价有很大的不同。

《云溪友议》的这个故事是这样结束的：

> 白公但吟四篇，与繁生同济，竟而不为。[1]

白居易直到最后离去，也没有留下诗作。繁知一导演的这一场题壁诗的好戏，就此偃旗息鼓。

这一戏剧性的记载有好几处与史不合，或经不起推敲，但我们却得以借此重温了唐代有关名胜题写的叙述话语，也对题壁诗的竞争性和表演性有了更真切的感

〔1〕［唐］范摅：《云溪友议》，收于《唐五代笔记小说大观》，页1263。

受。[1]这里我只想对题壁书写的物质性做一点补充说明。

以题诗来占领一处名胜，并非一个抽象的概念，而是体现在题壁诗的具体的物质形式，如何占据了它所题写的那个空间，并直接呈现在观众的面前。因此，无论李白在黄鹤楼上喟然搁笔的传说是否属实，它之所以流传甚广，深入人心，原因之一恐怕正在于，它揭示了题壁诗的具体的物质形态及其对迟到者所产生的直接影响和心理压力。因为它所描述的，并不是李白登楼时，从记忆里抽取出崔颢的《黄鹤楼》诗。根据传说来看，这首诗就出现在他的眼前，具有可以触摸的具体性和直观感。它以书写的物质形式，占据了李白登览的黄鹤楼的空间，也挤压了他诗歌想象创造的内在空间。李白甚至

〔1〕陈尚君：《范摅〈云溪友议〉：唐诗民间传播的特殊记录》，《文学遗产》2014年第4期，页48—56。此文指出了《云溪友议》的许多错误。以上引用的这一条述刘禹锡和白居易生平有误；刘禹锡今存诗集中有《巫山神女庙》一首；范摅所存的四首咏巫山之作皆为古题乐府《巫山高》，原非即景题咏之作；其中沈佺期一首为唐初张循之所作。陈尚君认为，《云溪友议》为我们呈现了唐诗在当时民间或基层文人中传播的情况。从这个意义上说，它仍不失历史价值。就本书关心的问题来看，《云溪友议》关于白居易的记载反映并确认了唐人题写名胜的理想模式。有关这一模式的叙述由来已久，因此才为范摅或其他口耳相传者所沿用。其次，刘禹锡曾在他的《金陵五题》的《引》中提到白居易读了他的“潮打空城寂寞回”之后，感叹说：“吾知后之诗人不复措词矣！”（详见下文）可知《云溪友议》中所述刘禹锡“造次不合为之”的评论，虽未必实有其事，却也并非毫无来历。至少刘禹锡本人表示接受以一首诗占据一处名胜的看法。再次，《云溪友议》有关沈佺期、王无竞、李端和皇甫冉的评价，对于我们了解他们在晚唐的地位，也多有助益。是否代表了刘禹锡和白居易的看法，则另当别论。

没法儿假装没看见。

也正是在这里，《醉后答丁十八》的“新图粉壁还芳菲”变得格外引人注目了。我们注意到《云溪友议》描写神女祠粉刷墙壁时，使用的也是“粉壁”，只不过用作动词而已。《醉后答丁十八》在描写题壁诗时，从“新图粉壁”开始，并且将它与“雕饰”并置起来，已经暗示了写作的行为。[1]因此，题壁书写的物质性就不再是外在于诗歌而存在的，而是被纳入了诗歌文本的内部，变成了诗歌语言的密码。从题壁的立场来看，“新图粉壁还芳菲”扮演了双重角色：一方面，它起到了覆盖的作用，也就是对已经题写在墙壁上的诗作做了一次掩盖或消抹；而另一方面，它又开出了一个新的空间，供诗人任意题写。你不是想要摆脱崔颢，走出僵局吗？这一面“新图粉壁”，就正是你所需要的。过去的题诗已经烟消云散了，你可以在一片空白的墙壁上面，重新来过，从头写起！

我们已经看到，在《醉后答丁十八》的开篇四句中，诗人仍然处在崔颢的咒语和魔力的控制之下，至少跟他的《黄鹤楼》中的意象和句式纠缠不清：

---

〔1〕“粉壁”暗示了对题壁作诗的邀请，还有其他的作品为证。例如，唐人窦冀的《怀素上人草书歌》：“粉壁长廊数十间，兴来小豁胸中气。……忽然绝叫三五声，满壁纵横千万字。”［清］康熙敕编：《全唐诗》，收于［清］纪昀、永瑢等编：《景印文渊阁四库全书》第1424册，卷204，页793。

黄鹤高楼已捶碎，黄鹤仙人无所依。
黄鹤上天诉玉帝，却放黄鹤江南归。[1]

尽管如此，诗人还是想在崔颢设置的游戏里来击败他。他在头四句里，竟然连续四次重复使用“黄鹤”，岂不胜出一筹？可那毕竟是崔颢的游戏。但接下来就不同了。在经过了“神明太守再雕饰，新图粉壁还芳菲”的转折之后，峰回路转，柳暗花明：诗人终于挣脱了崔颢的符咒，与他的《黄鹤楼》诗彻底告别，从此进入了完全自由的创作状态。“一州笑我为狂客，少年往往来相讥”，这些少年就包括这位丁十八，嘲笑诗人把黄鹤楼给捶碎了。而这位丁十八，又被诗人比作了丁令威，实际上就是归来黄鹤的转世再生。于是，一方面顺着诗中黄鹤归来的脉络贯连而下，另一方面又上接“一州笑我为狂客”而来，这首诗结束在一个逸兴遄飞的状态上：

作诗调我惊逸兴，白云绕笔窗前飞。
待取明朝酒醒罢，与君烂漫寻春晖。[2]

伴随着新刷粉壁而来的，是“芳菲”的气息，暗示了春天的到来。而从“白云绕笔窗前飞”到“与君烂漫寻春晖”，

---

〔1〕［唐］李白：《醉后答丁十八以诗讥余捶碎黄鹤楼》，收于［唐］李白著，郁贤皓校注：《李太白全集校注》，卷16，页2358。

〔2〕同上。

写的正是诗人在春光烂漫的季节，重新恢复了作诗的冲动，经历了春天的觉醒。“白云绕笔窗前飞”展示了一个动态的画面：白云在飞翔，仿佛把笔也带动起来了。这暗示着题壁的书写行为及其与自然现象之间的彼此感应和相互激发，与“搁笔”的消极停滞的状态，形成了戏剧性的对照。

这样看来，我们不能因为这首诗的作者不确定，就把它丢在一边，以为完全不值一提。似乎不解决这个问题，就一切免谈，或无从谈起。其实，即便退一万步想，就算这首诗是伪作也没关系。诗可以不是李白写的，但它背后的道理却不是虚构出来的，对于我们理解与此相关的诗歌创作和批评话语都有着重要的意义。我所感兴趣的，不是别的，正是这个道理。所以，关键在于我们对这首诗提出什么问题，从中寻找哪些线索。依我之见，它与李白的上述作品出自同一个诗歌文化的话语库存，也体现了一贯的逻辑脉络。作者采用虚设之辞，继续演绎李白与崔颢的诗歌竞技。即便他不是李白，也在设身处地，代李白立言。在诗的开始部分，他仍然试图通过文字模仿而与崔颢的《黄鹤楼》一决高下。而到了诗的结尾，白云绕笔，如有神助，他正在作诗的兴头上，欲罢而不能。所以，哪怕这首诗不是李白所作，也自有价值，因为它以惊人的洞见和修辞技巧，呈现了诗人克服写作的心理障碍，而重获灵感和创作冲动的曲折过程。

总之，从整首诗来看，诗人在心理和修辞上所经历的双重转机，正发生在“神明太守再雕饰，新图粉壁还芳菲”这一联：心理上得到了解放，修辞上挣脱了《黄鹤楼》的桎梏。它恰到好处地将题壁诗的写作实践，转化为诗歌语言的内在密码，直接塑造了这首诗的意义生成，也为它的写作打开了新的自由空间。这一新的空间既是物质的，又是心理的和想象的。在这座凭借想象而重建起来的黄鹤楼上，诗人成功地切断了它与题写历史的关系，从而把自己放到了一个新的起点上，同时也暗中取代了崔颢的位置。因此，李白这位迟到者不仅反守为攻，后来居上，还通过摧毁和重建黄鹤楼，最终将它占领下来。

然而，不无反讽意味的是，这首诗又不过是一个虚构的寓言而已，以口头和书写的暴力替代了真实的暴力。李白从现实跃入想象之境，同时也完成了从崔颢占据的黄鹤楼到一个文本化的黄鹤楼的转移，因为他所占领的黄鹤楼，正是在文本中构建起来的。同样有趣的是，一旦摆脱了崔颢的《黄鹤楼》诗的结构与句式，这首诗自身就宣告结束了，实际上也变得难乎为继。严格说来，《醉后答丁十八》就是一首关于《黄鹤楼》的诗：既是对《黄鹤楼》的模仿，又是对它的摆脱和超越。

七

「物色分留待老夫」

杜甫对先行者的回应

公元769年冬春之际，杜甫在北上的艰难行程中，途经潭州（即今长沙、湘潭一带）。他在岳麓山的道林寺，留下了《岳麓山道林二寺行》一首。时值五月，山中春寒料峭，杜甫沿石阶曲折而行，一路溪壑萦绕盘桓。翘首望去，一座恢宏的寺宇赫然耸立：

玉泉之南麓山殊，道林林壑争盘纡。
寺门高开洞庭野，殿脚插入赤沙湖。
五月寒风冷佛骨，六时天乐朝香炉。
地灵步步雪山草，僧宝人人沧海珠。
塔劫宫墙壮丽敌，香厨松道清凉俱。
莲花交响共命鸟，金榜双回三足乌。
方丈涉海费时节，玄圃寻河知有无。
暮年且喜经行近，春日兼蒙暄暖扶。
飘然斑白身奚适，傍此烟霞茅可诛。
桃源人家易制度，橘洲田土仍膏腴。
潭府邑中甚淳古，太守庭内不喧呼。
昔遭衰世皆晦迹，今幸乐国养微躯。
依止老宿亦未晚，富贵功名焉足图？
久为谢客寻幽惯，细学何颙免兴孤。
一重一掩吾肺腑，山鸟山花共友于。
宋公放逐曾题壁，物色分留待老夫。[1]

---

〔1〕［唐］杜甫：《岳麓山道林二寺行》，收于［唐］杜甫著，［清］仇兆（转下页）

据记载，岳麓寺在岳麓山上，俯视湘江，景观开阔。道林寺在山下，唐宋时期于此多有诗文题写。杜甫以一诗写二寺，故称《二寺行》。这是一篇纪游之作，包括前后两个部分，合写二寺之行的见闻与感兴。诗人跋涉至此，亲见佛寺的宝塔宫墙相映壮丽，松道与禅刹中的香积厨，俱生清凉。“莲花”一联，诸家解说不一。“共命鸟”出自佛经，指雪山有鸟，二首一身，名曰共命。又传极乐国有七宝池，中有莲花，其大如车轮。又有伽陵频伽共命之鸟，昼夜六时出鸣，雅音演畅。这一句或写寺内有鸟，鸣拂莲花，在二寺中交相回响；或指夜漏有声，二寺莲花交响，如共命鸟出和雅音。此联下句或写寺额金榜辉耀，大有回转日乌之势。因写二寺，故曰“双回”。“三足乌”即日中之金乌，又称赤乌。“方丈”一联作发问语：既然秦始皇遣使远求海上神山，历久而不得，穷极河源的昆仑（即玄圃）之寻，又能得到什么结果呢？如此想来，不及此地近在身旁，可居可卧，直欲令我诛锄茅草，就此筑室而居。此后几联从风景转向风俗：此地民情淳古，官风清简，堪比桃花源。于是，又想到自己暮年漂泊失所，于此卜居，犹未为晚。至于富贵功名，已无足挂怀。杜甫在这里把自己比作谢灵运，久已习惯了寻幽访胜；又像周颙（即“何颙”）那样，细审辞韵，雅好玄言，

（接上页）鳌注：《杜诗详注》，卷22，页1986—1989。以下注释参见萧涤非主编：《杜甫全集校注》（北京：人民文学出版社，2014年），第10册，页5732。谢思炜校注：《杜甫集校注》（上海：上海古籍出版社，2016年），第3册，页1327。

即便独处山中，亦足自乐。诗的最后一联曰：

宋公放逐曾题壁，物色分留待老夫。

这一联是我这一章的重点，需要多费一些笔墨。“待老夫”，《文苑英华》作“与老夫”[1]，意思略有不同。“与”指给予、赐与；“待”则是从诗人自己的角度来看，物色如有所待——在诗人出现之前，它一直处在等待的状态中。“物色”一词，梁代刘勰曾在《文心雕龙》中设有专章论述，对杜甫来说，显然也不是一个随意的选择。关于这一点，我们下一章细论。杜甫这一联的潜台词是：江山特意分出了一份物色，留给我题诗，等待我到来。这一份额的分配似乎冥冥中自有定数，但应运而来的我，所谓“老夫”，才是这一句的真正主角。

杜甫在《后游》一诗中，也用“待”来描述自然与诗人的关系：

寺忆曾游处，桥怜再渡时。
江山如有待，花柳更无私。
野润烟光薄，沙暄日色迟。
客愁全为减，舍此复何之？[2]

---

〔1〕［宋］李昉等编：《文苑英华》（北京：中华书局，1966 年），卷 342，页 1770。
〔2〕见［清］仇兆鳌注：《杜诗详注》，第 2 册，页 787。

大自然等待着诗人的到来，并对他敞开，与之无私分享。这一方面预期了后来苏轼在《前赤壁赋》中表达的观点："且夫天地之间，物各有主，苟非吾之所有，虽一毫而莫取。惟江上之清风，与山间之明月，耳得之而为声，目遇之而成色。取之无禁，用之不竭。是造物者之无尽藏也，而吾与子之所共适。"〔1〕另一方面又凸显了诗人的使命与特权：唯有他才能够发现自然的奥妙，令江山为之等待，花柳与之分享。具体而言，此诗为重游修觉寺而作，因此头一联曰"寺忆曾游处，桥怜再渡时"，而"江山如有待"一说，也由此而来。

既然杜甫在写道林寺的"物色"时，有"待老夫"的说法，为什么又说"物色分留"呢？原因已经在前一句中做了交代：那正是因为"宋公放逐曾题壁"了。

宋公即初唐的宫廷诗人宋之问，与同时期的宫廷诗人沈佺期齐名，并称"沈宋"。他们身后影响不绝，是盛唐和中晚唐诗歌中不断重现的幽魂。宋之问曾两度被放逐到岭南的钦州，沈佺期遭贬至驩州（今越南境内）。他们途经之地，每每留下题诗，在唐人名胜题写的版图上，已着其先鞭。此后的唐代诗人，在行旅或漫游的途中，经常在诗中写到他们邂逅沈、宋题壁诗的经历。其中不无隔世沧桑之感，而沈、宋二人在诗歌史上的地位，也由此一再得到了确认。他们以题壁诗为媒介，走进了后人的诗篇，也走进

〔1〕 见孔凡礼点校：《苏轼文集》（北京：中华书局，1986年），页5—7。

了文学史。[1]沈、宋诗歌的传播固然包括选集等不同途径，但题壁诗的方式往往为当今的学界所忽略，今人对他们两人的评价也普遍低于唐人。在《岳麓山道林二寺行》中，杜甫通过一个回顾的视野，肯定了宋之问题写道林寺的先行者地位，也为自己留下了一席之地。迟到并没有妨碍杜甫加入宋之问，与之平分道林寺的“物色”。

或许有人要问，这不过是杜甫的一个自我陈述而已，实际情况究竟如何呢？此后又发生了什么？在题写岳麓、道林二寺的题目下，杜甫是否做到了与宋之问平分“物色”呢？我们前面已经以李白为中心，读过了题写黄鹤楼的诗篇。接下来，就让我们以麓山寺和道林寺为例，来深入了解题写名胜的情况。也就是看一下以诗篇占据名胜的背后，还有怎样的故事，到底哪些因素在起作用。围绕着岳麓道林寺的题写而出现的一部微观的诗歌史，究竟是如何构成的。

麓山寺始建于西晋，道林寺建寺时间不详，自唐之后，经诗人和书法家的题写而声名大振。“道林之寺”的匾额据说为欧阳询（557—641）所书，而题咏之作则始于骆宾王（619—约684）。骆宾王虽为初唐四杰之一，题写道林寺也

〔1〕［后晋］刘昫等编（实为后晋赵莹主持编修）《旧唐书·宋之问传》：“睿宗即位，以之问尝附张易之、武三思，配徙钦州。先天中，赐死于徙所。之问再被窜谪，经途江岭，所有篇咏，传布远近。友人武平一为之纂集，成十卷，传于代。”可知宋之问放逐途中所写的题壁诗，也曾收入诗集流传。但武平一编纂的宋之问诗集久已散失无考。见《旧唐书》（北京：中华书局，1975年），卷190，页5025。

早于宋之问，但这一次，时间上的优势却未能奏效：肇始者没有成为占据者，而终为宋之问所取代。

旧说宋之问的题诗已亡佚无考，马积高认为今存宋之问《题鉴上人房》即题道林僧房，其二有“房中无俗物，林下有青苔”句为证。[1]一说宋之问的题诗为宋集中《高山引》：

> 攀云窈窕兮上跻悬峰，
> 长路浩浩兮此去何从？
> 水一曲兮肠一曲，
> 山一重兮悲一重。
> 松槚邈已远，
> 友于何日逢？
> 况满室兮童稚，
> 攒众虑于心胸。
> 天高难诉兮远负明德，
> 却望咸京兮挥涕龙钟。[2]

在《高山引》这样一个自拟的歌行标题下题写名胜，虽非通例，但在唐代，也并无不可。杜甫以“行”为题，正是

[1] 马积高：《漫谈杜甫〈岳麓山道林二寺行〉有关的一些问题》，《求索》2000 年第 1 期，页 88—93。

[2] ［唐］沈佺期、宋之问著，陶敏、易淑琼校注：《沈佺期宋之问集校注》（北京：中华书局，2001 年），页 557。

向宋之问致敬。细读杜诗，其中的“方丈涉海费时节，玄圃寻河知有无”一联，以及倒数第二联“一重一掩吾肺腑，山鸟山花共友于”，也是对宋之问《高山引》的一一回应。“方丈”一联呼应《高山引》开篇二句“攀云窈窕兮上跻悬峰，长路浩浩兮此去何从？”。宋之问不是问旧友何时重逢吗？杜甫回答道：我早就放弃了这一希望，而决定与山鸟山花为友了。清人郭曾炘曾引杨西河言曰：“公诗多用其语，疑此即放逐题壁之诗。杨用修谓宋诗今已失传，非也。”[1]

近六十年后，杜甫在岳麓山道林寺的墙壁上读到了宋之问的题诗。尽管迟到了太久，他的自信丝毫不受影响：此地的“物色”并没有被宋之问一人所独占，注定还有一份留待他来题写。无论他何时到来，谁也不可能从他的名下攫去。但值得注意的是，杜甫在表达此意时，已经默然接受了当时日益得到公认的看法，那就是此地的“物色”已先被宋之问占去了不少，而他显然也承认了自己处于迟到者的位置上。但杜甫的不同之处正在于，他并不以此为意。在他看来，迟到者仍有题写的空间，尽管他所写的是宋之问笔下剩余的“物色”。

那么，杜甫“物色分留待老夫”的说法，是否体现在了他的诗歌写作当中呢？杜甫是否做到了与先行者宋之问分庭抗礼？具体来说，虽然杜甫在《岳麓山道林二寺行》中一再

[1] [清]郭曾炘：《读杜札记》。转引自萧涤非主编：《杜甫全集校注》，第10册，页5741。

向宋之问的《高山引》致意，但他这篇作品在整体构思、通篇结构和体裁风格上，都与《高山引》判然有别。他没有采用骚体的形式，而是写了一篇以歌行为题，而实为排律的诗作。后人对这篇作品的体裁风格发表过许多议论，他们对诗中的个别措辞略感困惑，但最让他们惊讶的还是杜甫在排律与歌行之间游走自如的轻松姿态。清人夏力恕曰：

> 七言长古通体偶句绝少，此篇除起结外，无联不对，而流衍跌宕，何啻散行？真有盖世之气。[1]

所谓“七言长古”即七言古诗，通常篇幅宏大，在唐代称歌行或长调。歌行长调却无联不对，岂不又近于七言排律吗？王嗣奭（1566—1648）因此评曰：

> 此七言排律，一气抒写，如珠走盘，阅者不知，而类编者不入排律何耶？[2]

可见，“物色分留待老夫”并非一句大话或空话。而更有趣的是，这句声明在杜甫的身后，得到了加倍的兑现。明人

〔1〕［清］夏力恕：《杜诗增注》卷19。转引自萧涤非主编：《杜甫全集校注》，第10册，页5739。

〔2〕［清］王嗣奭：《杜臆》卷10，转引同上。前人已经注意到，杜甫的这篇诗作不拘于声律，故此挥洒自如。深究其体裁格式，似在排律与歌行之间。

杨慎评曰：

> 长沙道林、岳麓二寺之胜闻于天下，盖因杜工部之一诗也。杜公之后有沈传师二诗、崔珏一诗、韦蟾一诗，皆效工部之体。余旧见家藏石刻有之。近阅《长沙志》，已失其半。今具录于此。[1]

杜甫的这首诗虽不见于通行的选集，却因为题写在道林寺的壁上而成就了道林、岳麓二寺的不朽之名。这一看法与黄鹤楼和凤凰台各因崔颢、李白的一首诗而名传天下，出自同一个思路，而且也同样可以追溯到唐代。于是，等到唐扶（？—839）途经此地并作《使南海道长沙，题道林、岳麓寺》时，以题壁诗占据了寺院的，不再是宋之问，而变成了杜甫。宋之问的题诗或许还在，但已不是唐扶的关注所在了。他在这首诗的最后两联写道：

> 两祠物色采拾尽，壁间杜甫真少恩。
> 晚来光彩更腾射，笔锋正健如可吞。[2]

唐扶以玩笑的口吻，反杜诗之意而用之：两祠“物色”都

〔1〕［明］杨慎：《升庵诗话》卷10。转引自谢思炜校注：《杜甫集校注》，第3册，页1333。

〔2〕［唐］唐扶：《使南海道长沙，题道林、岳麓寺》，收于《全唐诗》（北京：中华书局，1999年），卷488，页5580。

已被杜甫“采拾”殆尽了，两座寺院也因此为他一人所独有。他的诗句占去了壁上的空间，光彩腾射，笔锋正健，令后来者为之丧胆，难乎为续。

作为迟到者的杜甫毫不怀疑此间的物色自有他的一份，可杜甫的后来者，却失去了这样的自信，只能怪杜甫笔下无情，没有给他们留下可写的物色。这就是“壁间杜甫真少恩”这一句的意思。他们的题诗因此不免如杨慎所说，“皆效工部之体”。在内容、体式和风格上，他们都程度不同地步武杜诗，而不是像杜甫那样，出于宋之问之后，却能自出机杼，并且在排律的格式内，写出了歌行风。因此，后来者被笼罩在了先行者的阴影之下，难脱其窠臼，更谈不上超乎其上了。

这将我们再一次带回到了前人以一两首诗占据一处名胜的说法——被杜甫克服掉的命题又一次得到了确认，只不过这一回，杜甫本人变成了占据者，并且取宋之问而代之。与唐扶相似，晚唐诗人崔珏作《道林寺》时，根本就不提宋之问了，而只是感慨道：“我吟杜诗清入骨，灌顶何必须醍醐？”接下来又补充说：“今我题诗亦无味，怀贤览古成长吁。”[1]怀贤览古之际，题诗已觉无味，唯余长叹而已。

回顾岳麓、道林二寺的诗歌题写史，我们会发现，晚唐是一个关键时期，发生了一些新的变化。韦蟾在《岳麓、道林寺》一诗中写到他寺内游览所见：

---

〔1〕［唐］崔珏：《道林寺》，收于《全唐诗》，卷591，页6914。

沈裴笔力斗雄壮，宋杜词源两风雅。[1]

晚唐、五代的齐己（863—937）曾寓居寺中十载，写下了不少诗篇，其中《游道林寺四绝亭，观宋、杜诗版》的开篇曰：

宋杜诗题在，风骚到此真。[2]

为什么宋之问的题诗又再度现身了呢？齐己诗题上的“四绝亭”，又称“四绝堂”，相传唐僖宗乾符年间（874—879）建于道林寺内，珍藏沈传师（769—827）、裴休（791—864）、宋之问和杜甫四人在寺中留下的墨宝和诗篇。于是，宋之问终于与杜甫相提并论，平分秋色了。杜甫当年或许言者无心，没想到至此却变成了现实。

不过，题写道林寺的唐人甚多，除了宋之问和杜甫之外，别人的诗作该如何对待？究竟应该展示谁的墨迹，或抄写、复制谁的作品，是否仅限于“四绝堂”这四家？这些仍然是有待计较和争议不断的话题，并没有因为四绝堂的完成，而一锤定音。宋治平四年（1067）重修四绝堂，知枢密院事蒋之奇为之作记，对“四绝”的说法表示异议，主张保留沈传师的书法和杜甫的诗歌，而用欧阳询替换裴

〔1〕［唐］韦蟾：《岳麓、道林寺》，收于《全唐诗》，卷566，页6614。

〔2〕［五代］齐己：《游道林寺四绝亭，观宋、杜诗版》，收于王秀林校：《齐己诗集校注》（北京：中国社会科学出版社，2011年），页147。

休，以韩愈取代宋之问。绍兴二十三年（1153），潭州知州周必大作《题潭州道林寺六绝堂》，重述了蒋之奇的意见，也记载了自己的选择，那就是在修葺四绝堂时，保留“四绝”的旧说，并增补了欧阳询的书法和韩愈（768—824）的诗歌，是为“衍六堂”：

> 唐乾符中，袁浩作道林寺《四绝堂记》，盖指沈传师、裴休笔札，宋之问、杜甫篇章也。本朝治平四年秋，蒋之奇别为记，谓沈、杜固无间言，裴本学欧阳询书，寺幸有询四大字，当为一绝。又不应近舍韩愈，远及之问。其去取如此。今三人诗，各在集中，众所共知。惟袁记与裴、欧字画，则不复存。予既稍葺其堂，访沈碑而归之，复临阁本欧书，并襄阳僧舍裴所作八大字，并刻于石。盖欧实郡人，裴尝牧此，俱不可废。今古异同之论，衍四为六，其在兹乎？后数日，寺僧于朽壤中得大中十一年（857）断际禅师《传心要法序》，字小楷，亡其后段，乃亦裴笔，真赝未可知也。先是，堂之题梁，著马氏五代时职位，近岁修《长沙志》，遂谓此石创于马氏，误矣。[1]

周必大的这篇记文，回顾了道林寺四绝堂的起源和历史，

〔1〕转引自《广湖南考古略》卷二十六《金石》，见马积高：《漫谈杜甫〈岳麓山道林二寺行〉有关的一些问题》，页92。

也讲述了自己如何借重修的机会，将它扩建为衍六堂。为此他颇费斟酌，对历史遗迹和方志文献也下了一番搜寻与稽考的功夫。

咸淳九年（1273），文天祥（1236—1283）任荆湖南路提刑使，驻潭州，访衍六堂，作《道林寺衍六堂记》：

> 余步行长沙，道湘西，登道林寺。旧有四绝堂，指沈传师、裴休笔札，宋之问、杜甫篇章也。堂之颜，吾乡益国周公书之。至是百二十年，公又有记，述蒋之奇语。之奇取欧阳询书、韩愈诗，而黜裴、宋。公独合古今异同，有衍四为六之说。人之意度，相远如此。僧志茂以屋压字漫，寿公字于石，取公之意，易名衍六，将揭于新堂。予嘉其有二善焉：补唐贤故事，宝乾、淳遗墨，非俗衲所为。为之嘉叹，而记其后。[1]

与周必大的上述文字相似，文天祥在这里记述了衍六堂的前世今生，并且补充了当下的事件。从中可以更多地了解题写名胜的历史现象，也可以看到唐代名家的声望，在后世发生了怎样的起伏升降，而这背后又有哪些故事和相关的变数。

首先，最为引人瞩目的是题壁的物质形式及其在名胜

〔1〕［元］文天祥：《道林寺衍六堂记》，收于《文天祥全集》（北京：中国书店，1985年），页220。

题写中所起的作用。题写名胜的诗歌史，往往首先是经过了题壁的物质形式的媒介而形成的一部诗歌史。它在很大程度上取决于这一物质媒介，并被它所塑造。谁能荣登四绝堂或衍六堂，先要看谁留下了题诗和墨迹，至少有传闻为据，而这背后是一个不断复制和书写的历史。从杜甫和唐扶的作品来看，宋之问和杜甫的诗歌都是题壁之作。齐己在四绝堂上看到的是“宋、杜诗版”，也就是题写在木牌上，然后固定在墙上的。需要补充说明的是，“诗版”并不意味着是诗人的手迹，而很可能出自后人的复制或重新书写。中唐时期，刘长卿（约 726—约 786）作《自道林寺西入石路至麓山，过法崇禅师故居》，其后韩愈有《陪杜侍御游湘西两寺独宿有题一首，因献杨常侍》，但均未提到宋之问和杜甫的题诗。这或许是因为刘长卿和韩愈的这两首诗主要关注于行旅和感怀，而不是道林寺。也可能是因为他们游览之日，壁上的手迹或诗版已不复存在了。1153 年周必大修建衍六堂时，裴休和欧阳询的字迹，都荡然无存了。而宋之问、杜甫和韩愈的题诗也只见于各自的诗集。为此，周必大不得不多方搜寻，“访沈碑而归之，复临阁本欧书，并襄阳僧舍裴所作八大字，并刻于石”。至于寺僧从朽壤中发现的大中十一年（857）的《传心要法序》，是否裴休所书，更不得而知了。但无论是手迹，还是复制品或后人所书，最重要的一点是，他们的作品以具体的物质形式出现在了道林寺中。以诗篇占据名胜，最终需要落实在题壁和题诗版等物质形式上。唯有题写名胜的诗篇构成了名胜建筑的一部分，才能确保它们成为后人观赏和题咏的对象。

其次，在唐代诗人和书家当中做出取舍时，富于声望的文官，包括道林、岳麓二寺所在地的地方官员，以及寺院的僧人等等，都分别起到了各自的作用。无论是修复道林寺，还是建造四绝堂或衍六堂，往往由官员主持其事，或应邀作记，以张声势。而从文天祥的记载来看，衍六堂虽出自周必大的建议，但似乎直到当下，才由寺僧志茂一手操办建成，至少是经由志茂之手，而得到了修复或重建。文天祥因此对他赞誉有加，说此举“非俗衲所为”。可知在佛寺这样的公共场所，寺僧以各种不同的方式，参与了名胜书写谱系的建构，其中包括前人墨迹的保存、收集与展示。不难想见，诗牌的形式十分便于僧人掌控。把谁的作品写到诗牌上，写好了是否展示出来，他们都可以根据需要，做出选择和调整。

再次，上述的简略回顾，折射了宋人对唐诗评价的变化，也可以看到中晚唐时期，杜甫地位急遽上升的轨迹。蒋之奇贬低宋之问和裴休，表明他们的影响在宋代日渐式微。他认为“不应近舍韩愈，远及之问”，显然不赞成贵远薄今，以时间的先后来做取舍。而韩愈在宋人心目中的地位，也由此可见一斑了。刘长卿和其他许多唐代诗人都同样留下了关于岳麓、道林寺的诗篇，但蒋之奇并不予以考虑。而周必大则避免在取舍之间做出选择。他做的是加法，而不是削足适履，固守四绝之名。衍四为六，遂成定论。

但他保留裴休，还有另一条理由，那就是裴休曾在此地为官。至于增补欧阳询，除了他的影响力，也考虑到他来自当地，是潭州临湘人。作为道林寺题咏系列的先行者，宋之问和杜甫两人的地位都无可动摇。

衍六堂的出现，是协商、妥协的结果，与崔颢以一首诗独霸黄鹤楼还有所不同。但宋之问之所以被推上了题写道林寺的先行者位置，首先要归功于杜甫的《岳麓山道林二寺行》。正像迟到者李白通过《登金陵凤凰台》和其他有关黄鹤楼的诗作，一举而将崔颢定义成黄鹤楼题诗系列的奠基者。在这两个例子中，都是迟到者起了至关重要的作用。当然，这与杜甫和李白这两位迟到者在诗歌史上声望日隆是分不开的。宋之问之所以能在四绝堂和衍六堂中保住一席之地，与他本人关系不大，而是因为他身后有一位被后世公认的伟大诗人杜甫在为他站台撑腰。

题写名胜的诗歌系列在历史上绵延不绝，但道林寺和岳麓寺的命运却远不及黄鹤楼。元代之后，二寺渐衰，明代正德四年（1509）遭毁。后来虽经重修，并沿用其名，可是寺址或已移至别处，与唐宋时期的岳麓、道林二寺无关了。

与崔颢的《黄鹤楼》诗相似，杜甫的《岳麓山道林二寺行》一诗的影响并不限于岳麓寺和道林寺。三百多年后，宋人陈与义（1090—1138）在他的《登岳阳楼二首》其二的尾联中，对杜甫的“物色分留待老夫”做出了一个遥远的回应。只是这一次地点变了，先行者也从宋之问变成了李白：

翰林物色分留少，诗到巴陵还未工。[1]

李翰林（李白）已径自将巴陵的物色占去了，给自己这位迟到者留下得太少，所以诗一直写到了巴陵，仍未见起色。可知陈与义不过是借着杜甫的诗句来调侃自嘲罢了，同时也以此为话题来完成自己的诗作。毕竟，他只是陈与义，而不是杜甫。

杜甫如此自信，究竟有多大的把握？客观地说，他的把握并不大。杜甫的成就在生前并没有得到广泛的承认。终其一生，他只是在小圈子里略有名气罢了。他人生的最后十多年是在战乱的流亡漂泊中度过的。但杜甫的自信是建立在作品上的。这是一个长远的期待，不指望当下的成功。而且这一信念也取决于他与众不同的诗歌观，我在下文还会谈到。此外，杜甫的自信还来自他对家世的骄傲。他的祖父杜审言（约 645—708），与沈佺期、宋之问同时在朝，共享诗名，在五律成型的过程中，居功厥伟。所以，杜甫可以对儿子说“诗是吾家事”。[2]在远离家乡、颠沛流离的途中，偶然读到宋之问当年写下的题壁诗，再一次唤起了他的使命感：哪怕落魄失意，甚至身家不保，自己仍然是这一份祖上遗产的合法继承人。在老杜的这首诗中，

〔1〕［宋］陈与义：《登岳阳楼》，收于［宋］陈与义著，吴书荫、金德厚点校：《陈与义集》（北京：中华书局，1982 年），页 303。

〔2〕［唐］杜甫：《宗武生日》，收于［唐］杜甫著，［清］仇兆鳌注：《杜诗详注》，卷 17，页 1477—1478。

我们完全读不出懈怠和衰朽的迹象。难以想象他写下“物色分留待老夫”这一句时，已经接近人生的最后光景了。

写作是杜甫晚年的生命动力：他为了作诗而活着，也因为作诗而活着。

八 名胜被占领之后

即景诗与缺席写作

杜甫在岳麓山的道林寺读到宋之问的题壁诗，正像李白遭遇崔颢的《黄鹤楼》。杜甫题诗，欲与宋之问平分物色，李白在回应崔颢时，没忘了捎带上沈佺期的《龙池篇》。他们以这一方式向前人和同代者致敬，题写名胜的模式至此呼之欲出。

中唐之后，名胜版图仍有所拓展，但已经远远跟不上诗歌题写的增长幅度。二者之间越来越不成比例，诗国的疆域变得日益拥挤。后人在寻访历史古迹和形胜之地时，无一例外，发现自己处在了杜甫的位置上，面对前人的题诗，被迫做出回应。

这是一个普遍的问题，也是一个普遍的挑战。前人的这些题写名胜的名篇，后人大多早已读过，甚至谙熟于心。不过，在诗集中遭遇前人的作品，可以是选择性的，而在访游胜迹的此时此地，却别无选择。先行者的奠基之作变成了聚焦的中心，不仅近在咫尺，而且迫使登览者不得不通过它，以及此前题写者对它的回应，来观察眼前之景。这些诗篇横亘在登览者与名胜之间，更准确地说，它们变成了名胜的一部分。

上一章提及宋代陈与义的《登岳阳楼二首》，作于靖康之乱（1127 年）后三年，陈与义自河南陈留南奔襄水、汉水一带，又远至巴陵（即今岳阳），登览了洞庭湖上的岳阳楼。他在诗中不乏风趣地抱怨说："翰林物色分留少，诗到巴陵还未工。"那是因为他深知自己一路走来，却逃不出李白诗歌题写的名胜版图。的确，李白一生留下了许多吟咏襄、汉风景的名篇佳作，但湖、湘等地在他的书写版图上，至多只占了一角。至于岳阳楼，他也仅有759年的《与夏十二登岳阳楼》一首称得上是登览题写之作。那么，陈与义为什么要抱怨巴陵的物色已被李白占去了呢？

表面上看，陈与义在对李白服输，但实际上又在向杜甫致意。这正是为什么他要改写杜甫的诗句了。而更重要的是，他题写的岳阳楼也早已与杜甫的《登岳阳楼》联系在了一起。尽管杜甫的这首诗晚于李白的《与夏十二登岳阳楼》，在后人的评价中却轻易胜出，与孟浩然的《望洞庭湖赠张丞相》（一作《岳阳楼》）齐名，一劳永逸地将岳阳楼写成了一道唐诗的风景线。由此看来，陈与义刚刚走出李白的名胜版图，又落入了杜甫的书写领地。无怪乎他在岳阳楼上，不禁要感慨物色所剩无几，新写的诗篇也无复可观了。这在他固然只是一个姿态，未可认真对待，但姿态的背后，又不无几分情理。

元代的方回在《瀛奎律髓》中，谈到唐人题写岳阳楼的诗篇。岳阳楼在岳阳城外，俯瞰洞庭湖，视野宽阔，在盛唐时期，已是遐迩闻名的胜地了。他特别提到孟浩然和杜甫的两篇诗作，并且评论说："岳阳楼壮观，孟、杜二诗尽之矣。"[1]这一说法，与白居易过神女祠而不敢造次题诗的传说，一脉相承：俨然是题无剩义了，又仿佛"一夫当

---

〔1〕［元］方回选评，李庆甲集评点校：《瀛奎律髓汇评》上册（上海：上海古籍出版社，1986年），卷1，页6。

关，万夫莫开”，令人徒唤奈何。

孟浩然的《望洞庭湖赠张丞相》：

八月湖水平，涵虚混太清。
气蒸云梦泽，波撼岳阳城。
欲济无舟楫，端居耻圣明。
坐观垂钓者，徒有羡鱼情。[1]

杜甫作《登岳阳楼》曰：

昔闻洞庭水，今上岳阳楼。
吴楚东南坼，乾坤日夜浮。
亲朋无一字，老病有孤舟。
戎马关山北，凭轩涕泗流。[2]

这两首诗写洞庭湖气势宏大，涵盖宇宙乾坤，尤以“气蒸云梦泽，波撼岳阳城”和“吴楚东南坼，乾坤日夜浮”两联历来为人所称道。因此多见于各类选集，流布甚广，自不待言。但孟浩然和杜甫对岳阳楼的垄断地位，又并非只

---

〔1〕［唐］孟浩然：《望洞庭湖赠张丞相》（笺注本诗题作《岳阳楼》），收于［唐］孟浩然著，佟培基笺注：《孟浩然诗集笺注》（上海：上海古籍出版社，2000年），页105—106。

〔2〕［唐］杜甫：《登岳阳楼》，收于［唐］杜甫著，［清］仇兆鳌注：《杜诗详注》卷22，页1946。

是建立在纸面上的，而是书之于岳阳楼上，体现为题壁诗的形态：

> 予登岳阳楼，此诗大书左序毬门壁间，右书杜诗，后人自不敢复题也。刘长卿有句云："叠浪浮元气，中流没太阳。"世不甚传，他可知矣。[1]

孟浩然和杜甫的诗作就赫然题写在岳阳楼正堂的东西墙上，人所共见，叹服之余，心生敬畏。当然，这一说法并没有阻止别人继续题写岳阳楼，只是无人能撼动这两篇"奠基"之作的地位罢了。（图 8：1～5）后人一上来就先认输了，不过借着题诗，向前人致敬；或偷换话题，暂时搁置对自己作为迟到者这一身份的反省。但问题并没有消失：如果名胜之地果真已被前人一劳永逸地占据，后来者该怎么办？如何回应，怎样自处？

从这个角度来观察唐人题写名胜的诗篇，我们或许会有一些新的发现。实际上，不仅李白把自己放在迟到者和竞争者的位置上，其他的诗人也采取了不同的方式来回应同样的问题。就岳阳楼题诗而言，孟浩然因一首《望洞庭湖》而被后人推上了先行者的位置，这是他本人无从预见的。相

---

〔1〕［元］方回选评，李庆甲集评点校：《瀛奎律髓汇评》上册，卷 1，页 4。有意思的是，唐代诗人刘长卿在题咏岳阳楼的诗作中，试图在气势上与孟浩然和杜甫的作品相颉颃，但没有获得后人的承认。在前一章中，我们已经注意到，他题写道林寺的作品也未能跻身于衍六堂中。

图8：1 ［元］夏永《岳阳楼图》册页　绢本墨笔　纵25.2厘米　横26厘米　云南省博物馆藏（杨成书摄）

图 8：4 ［元］夏永 《岳阳楼图》 册页 绢本墨笔
纵 25.2 厘米 横 53.3 厘米 故宫博物院藏

图 8∶3 ［元］夏永《岳阳楼图》册页 绢本墨笔
纵 24.4 厘米 横 26.2 厘米 故宫博物院藏

图 8：2 ［元］夏永《岳阳楼图》册页　绢本墨笔
纵 24.4 厘米　横 25.6 厘米　上海博物馆藏

图 8：5 ［明］安正文《岳阳楼图》轴　绢本设色　纵 162.5 厘米　横 105.5 厘米　上海博物馆藏

反，在一个历史悠久的国度，访寻古迹，登览胜地，无时无刻不在提醒他后来者的身份。正如他的《与诸子登岘山》所说："人事有代谢，往来成古今。江山留胜迹，我辈复登临。"[1]作为迟到者，孟浩然很清楚这是不可改变的事实。只不过他把"江山留胜迹，我辈复登临"本身当成了诗歌的主题来写，所以这首诗的最后一联说："羊公碑字在，读罢泪沾襟。"[2]作为迟到者，他到此凭吊羊祜的遗迹，也因此有感而作诗。在怀古和凭吊古迹的题材中，诗人与古人并没有处在竞争的位置上，竞争者是他之前和同时的诗人。问题正在于：在一个名胜版图大致确定、名胜风景基本成型的时代，迟到者究竟该怎样写诗，又如何为自己定位？

接下来，我就以杜甫、韩愈和刘禹锡为例，来考察一下唐代诗人的几种回应方式及其潜在的理论意义。这里涉及的问题直接关系到中国古典诗歌的一些重要特质，包括登览诗作为即景诗或即事诗的基本属性、古典诗歌的范式及其极限，以及因袭与创造、模仿与竞争、经验与虚构、在场与缺席等等。在他们三位之中，杜甫的思考与实践尤其值得我们深入省察，因为他对即景诗的范式做出了两种完全不同的解释和改造。前者拓展了即景诗的写法，从物色的千姿百态出发，精思巧构，自铸新辞；后者背离即景诗的范式，在怀古的题目下写作，却缺席登览现场，而以

---

〔1〕［唐］孟浩然：《与诸子登岘山》，收于［唐］孟浩然著，佟培基笺注：《孟浩然诗集笺注》，页19。

〔2〕同上。

神思取胜。

杜甫生前诗名未著，对于自己的迟到者身份有更充分的自觉。即便是他被后人视为岳阳楼奠基的《登岳阳楼》，也表露了同样的意识，开篇云："昔闻洞庭水，今上岳阳楼。"[1]洞庭湖畔的岳阳楼早已天下闻名，他怎么可能是第一位登览题写的诗人？但杜甫也是一位强力诗人，至少像李白一样，不甘居人后。他在夔州期间写的《上白帝城二首》之一开宗明义：

江城含变态，一上一回新。[2]

"变态"又作"百态"，而无论是"百态"还是"变态"，都足以颠覆后人无以措其辞的说法。它包括两方面的意思：

首先说的是观察对象，也就是江城自身的属性。它本身就蕴含着千姿百态，不会一次性地全部呈现出来，更不会一成不变，因此也根本不可能被文字描写一次性和永久性地所穷尽。杜甫接下来引进了观察者或书写者，通过他们与江城的关系来定义后者。换句话说，江城的面貌姿态最终取决于登临者的观照和感受。于是才有了下一句"一上一回新"：哪怕是同一个地方，每一次登临都会看到不一

〔1〕［唐］杜甫：《登岳阳楼》，收于［唐］杜甫著，［清］仇兆鳌注：《杜诗详注》，卷22，页1947—1949。

〔2〕［唐］杜甫：《上白帝城二首》之一，收于［唐］杜甫著，［清］仇兆鳌注：《杜诗详注》，卷15，页1273—1275。

样的风景，如同是第一次的发现。这正是杜甫为自己预期的一个诗人的形象：他独具慧眼，能见人之所不能见，也能言人所不能言。这一句中的“新”字暗含了意动用法，突出了诗人的能动性。严格说来，正是这样一位具有主体意识的诗人，使得那座熟悉的江城在他的每一次观照之下，都呈现出全新的面貌。

这一看法揭示了外部景观的无限潜力与可能性，而这些可能性能否被呈现出来，又最终有待于诗人的观察和表达。一旦把“一上一回新”用在题写名胜的语境中，便一举而将登临者从迟到者的位置上拯救了出来：且不说外部的世界千姿百态，登览者务必将诸多“变态”摄于笔下，若能反求诸己，他们看到的景色也将会千变万化，美不胜收。从这个意义上说，前人的题诗与他无关，更不会对他构成直接的压力。

杜甫的这一陈述颇有些不同凡响，比起他题写道林寺所说的“物色分留待老夫”，显然更进了一步。在这两个例子里，杜甫分别使用了“物色”和“态”来描述他对外部世界的观照，大有值得玩味之处。在前一章中，我提到“物色”一词自有来历，刘勰曾在《文心雕龙》中设有专章讨论。《物色》篇曰“物有恒姿”，又与杜甫这里所说的“江城含变态”的“态”彼此关联，尽管看法截然不同。无论是“物色”还是物“态”，都与即景诗的理念和实践密不可分，因此有必要在此做一番梳理分析。

何谓“物色”？“物色”是一个寓意广泛的概念，泛指人、物和山水的外部形貌。在《文心雕龙·物色》中，“物色”专指自然界的现象，与“物容”和“物貌”相互重叠。刘勰精通佛理，因此，“物色”中的“色”，多少蕴含了佛教的“色相”之意。刘勰的看法可以简述为两点：首先，物貌繁复多变，然而“繁而不珍”“贵在时见”，故不足取。其次，“物色虽繁，而析辞尚简”。诗与赋比，尤尚简约，而不以“模山范水”见长。因此，刘勰崇尚的做法有二：一是“瞻言而见貌，即字而知时”，也就是通过只言片语一窥物貌的整体，感知季节的物色变化；二是把握事物的要旨或关键，即所谓“要害”，并且在物色唤起的情与思上做文章，以获得“物色尽而情有余”的效果。

由此看来，刘勰所谓的“诗骚所标，并据要害”，是以“物有恒姿”为出发点的。既然如此，诗人又如何能做到“思无定检”，而不致落入陈陈相因的窠臼或定势呢？在刘勰看来，这正是对诗人的一大考验：

> 故后进锐笔，怯于争锋。莫不因方以借巧，即势以会奇。

他的结论是：“善于适要，则虽旧而弥新矣。”可知因方借巧、即势会奇都属于运思的范畴，但无论如何，出奇出新的压力，也由此昭然若揭了。“后进锐笔，怯于争锋”二句，似乎已经预见了唐人题写名胜时所面临的境况。[1]

在这一语境中，我们看到了杜甫“物色分留待老夫”和“江城含变态，一上一回新”的来龙去脉与不同之处。在题写名胜的即景诗写作中，他不只是着眼于思与情，对物色与物态也别有一说。以他之见，物色可以“分留”，而不会被前人所穷尽或独占。江城之态，千变万化，而且永远处在变化的状态之中，因此在变动不居之中蕴含了无穷的可能性。杜甫对“江城含变态”或“江城含百态”的强调，显然有别于刘勰的“物有恒姿”说。他要超越物之恒姿，以诗歌的形式捕捉它多变的状态。刘勰在物色与物姿之间做出区别：物色繁多，但物姿有常。与此相对照，杜甫在时间的维度内来处理新变与故常的关系。紧接着“江城含变态，一上一回新”之后，杜甫写道：“天欲今朝雨，山归万古春。”清人浦起龙注曰：“‘今朝雨’，变而新也。‘万古春’，新而旧也，四句写景。”[2]换句话说，“山归万古春”，引进了季节性的循环时间。每一个春天的到来，都有如一次复归，是熟悉的，万古不变的。而山一直都在那里，成为它永恒不变的见证。但是，“今朝雨”只着眼于当下的片刻，因此是一次性的、全新的，而不是重复的和循环的。“一上一回新”正是在此时此地的“一回”与“一上”的时空交汇点上，觑见了江城的一个新的姿态。

---

〔1〕［梁］刘勰：《文心雕龙·物色》，见范文澜注：《文心雕龙注》，卷10，页693—697。

〔2〕［清］浦起龙：《读杜心解》（北京：中华书局，1978年），页750。

杜甫此说的新意，在于抽去了“黄鹤楼情结”的前提条件：就登览题写的当下而言，没有谁可以通过一首诗，将眼前的景观一劳永逸地定义下来，并因此获得对它的永久控制。从积极的意义上说，杜甫在探索诗歌的客观描写和主观表达这两个方面，都做出了前所未有的努力。他试图在中国诗歌的古典主义范式所许可的极限内，建立与外在世界的接触，把握其自身的特殊性，并在当下的瞬间完成艺术的表现。的确可以说，杜甫的诗歌，尤其是晚期作品，在呈现对外部世界的细致而特殊的感受时，已经达到了古典意象模式的极致了。他在夔州西阁这同一个地点，写下了无数诗篇，将长江风光在不同时刻上的奇诡变幻摄入笔端。而晚期杜甫也锤炼出了新的诗歌语言的表现形式，与险峻瑰奇的夔州景色相匹敌。他所写的“登临多物色，陶冶赖诗篇”[1]强调的正是诗歌语言的陶冶之功，如何将登临所见的物色熔铸成诗的风景。不仅如此，杜甫在深入内心的主观表现方面，也做出了令人称异的试验。即便是登览诗，他也可以写出像“花近高楼伤客心，万方多难此登临”这样的开篇诗句，完全偏重于诗人强势的在场感。[2]它出现在诗的开头，一上来就先声夺人，给出了一个具有强烈主观色彩的特写镜头。所有的关注都集中在包孕“万方多难”的此时此刻，从而将诗人自

〔1〕［唐］杜甫：《秋日夔府咏怀奉寄郑监李宾客一百韵》，收于［唐］杜甫著，［清］仇兆鳌注：《杜诗详注》，卷19，页1699—1717。

〔2〕［唐］杜甫：《登楼》，收于［唐］杜甫著，［清］仇兆鳌注：《杜诗详注》，卷13，页1130—1132。

己的浩茫思绪，注入了“此登临”的所见所感。这样的登览之作不落陈规，也难以复制。

以上主要分析了杜甫“江城含变态，一上一回新”的说法，此说在题写名胜的话题下，借助了即景诗的范式，但又对它做出了拓展和改造。因此，即便是登览名胜旧迹，也可以写出令人耳目一新的诗句。接下来讨论他的另一个取径，看他在题写名胜时，如何背离了即景诗的前提，却又自成风景，从而引出了即景诗缺席写作的可能性。

胜迹题写的规范模式是以“我辈复登临”为前提的，也就是说，诗人务必在场，至少曾经到场，而这也正是即景诗或即事诗的普遍假定。可我们还是无妨提出这样的问题：如果诗人并未亲临其地，而以神游代替了登览，是否也可以照样题写胜迹呢？神游固无不可，但在登览的名义下题写胜迹，就是另一回事儿了。对于支撑这一诗歌范式的那些不言而喻、也无可怀疑的前提观念，例如诗人触景生情、即兴而作，以及诗歌写作的经验基础和真诚性，这究竟意味着什么？当然，并非所有题写名胜古迹的诗篇都是登览或寻访之作，但至少在文字的表现上，它们通常有义务维系一个诗人亲临现场的表象。发人深省的是，至迟到盛唐后期和中唐时期，就已经有一些作品公开背离了这一传统：诗人从登临的现场抽离出来，也与那些题写名胜，包括咏怀古迹的诗人们，拉开了距离。他不需要加入他们，去竞争那已经失去的一席之地。与“江城含变态，一上一回新”相比，这是一种不同的思路，也不失为一个有效的策略。

这一思路或策略，姑且称为“缺席写作”，同样也可以追溯到杜甫。杜甫多有登览之作，堪称唐人之最。从他青年时期的《望岳》和《登兖州城楼》开始，就有了一个很高的起点。而后一首，依照元人赵汸（1319—1369）的看法，祖述杜审言的《登襄阳城》，正是自有来历。至于杜诗的章法多变，体大思精，又绝非他人可比肩。[1] 与题写胜迹相关的作品，还包括怀古一类，通常抒写寻访前人遗迹或登临历史胜地的感喟，严格说来，也同样属于即景诗或即事诗的范畴。不过，在老杜的笔下，这一定义就变成了问题。仇兆鳌引《杜臆》评杜甫的《咏怀古迹》云：

> 五首各一古迹，首章前六句，先发己怀，亦五章之总冒。其古迹，则庾信宅也。宅在荆州，公未到荆，而将有江陵之行，流寓等于庾信，故咏怀而先及之。然五诗皆借古迹以见己怀，非专咏古迹也。[2]

---

〔1〕 转引自［唐］杜甫著，［清］仇兆鳌注：《杜诗详注》，卷1，页6。

〔2〕 同上注，卷17，页1499。此处仇氏转述《杜臆》不确，无妨看作他本人的理解和发挥。《杜臆》原文曰：“五首各一古迹，第一首古迹不曾说明，盖庾信宅也。借古迹以咏怀，非咏古迹也。”（［明］王嗣奭：《杜臆》，上海：上海古籍出版社，1983年，卷8，页279）

事实上，不只是庾信故居杜甫尚未见到，《咏怀古迹》其三写王昭君故里，所谓“群山万壑赴荆门，生长明妃尚有村”，[1]也是想象之辞。“群山万壑”的确是“赴荆门”，但杜甫本人却没有。山壑的动态指向，替代了诗人自己的行动。从诗本身来看，似乎就写在寻访的现场或稍后，但其实不然。至迟到了杜甫这里，咏怀古迹已不必遵循即景诗的范式，而变得更接近于咏怀诗的写法。准确地说，他把庾信旧居和王昭君故里都暂时虚置起来，变成了内求诸己的冥想对象。

此后，韩愈写《新修滕王阁记》和刘禹锡写《金陵五题》，都比杜甫走得更远。他们公开声明没去过自己题写的地方，韩愈甚至还把他多次错过造访的机会，当成了写作的题材来加以发挥。题写名胜的“缺席写作”因此成就了文学史上的吊诡奇观。

滕王阁为滕王元婴永徽年间任洪州都督时所建，元和时期，王仲舒为洪州刺史，斥资重修，邀韩愈作记。韩愈于是写了一篇古文体的《新修滕王阁记》来纪念滕王阁修葺竣工的事件。但他从没去过那个地方，连滕王阁长什么样子都不知道。只是很早就听说过这座天下名楼，关于它的印象主要来自王勃等人的诗文：

---

〔1〕［唐］杜甫：《咏怀古迹五首》其三，收于［唐］杜甫著，［清］仇兆鳌注：《杜诗详注》，卷17，页1502。

> 愈少时则闻江南多临观之美，而滕王阁独为第一，有瑰伟绝特之称。及得三王所为序、赋、记等，壮其文辞，益欲往一观而读之，以忘吾忧，系官于朝，愿莫之遂。[1]

这本来是题记的作者避之唯恐不及，至少也是不便明言的事情，但韩愈却偏偏花了大部分篇幅，讲述他过去如何有机会造访，却三次都坐失良机，与这座名楼擦肩而过：

> 十四年，以言事斥守揭阳，便道取疾以至海上，又不得过南昌而观所谓滕王阁者。其冬，以天子进大号，加恩区内，移刺袁州。袁于南昌为属邑，私喜幸自语，以为当得躬诣大府，受约束于下执事，及其无事且还，傥得一至其处，窃寄目偿所愿焉。
>
> 至州之七月，诏以中书舍人太原王公为御史中丞，观察江南西道，洪、江、饶、虔、吉、信、抚、袁悉属治所。八州之人前所不便及所愿欲而不得者，公至之日，皆罢行之。大者驿闻，小者立变，春生秋杀，阳开阴闭，令修于庭户数日之间，而人自得于湖山千里之外。吾虽欲出意见，论利害，听命于幕下，而吾州乃无一事可假而行者，又安得舍己所事以勤馆人？

---

〔1〕［唐］韩愈：《新修滕王阁记》，收于［唐］韩愈撰，马其昶校注，马茂元整理：《韩昌黎文集校注》（上海：上海古籍出版社，1986 年），卷 2，页 91。

则滕王阁又无因而至焉矣。

元和十五年（820），洪州刺史王仲舒重修滕王阁。事毕，邀韩愈为之作记：

其岁九月，人吏浃和，公与监军使燕于此阁，文武宾士皆与在席。酒半，合辞言曰："此屋不修且坏，前公为从事此邦，适理新之，公所为文，实书在壁。今三十年，而公来为邦伯，适及期月，公又来燕于此，公乌得无情哉？"公应曰："诺。"于是栋楹梁桷板槛之腐黑挠折者，盖瓦级砖之破缺者，赤白之漫漶不鲜者，治之则已，无侈前人，无废后观。

工既讫功，公以众饮，而以书命愈曰："子其为我记之！"

当时身为袁州刺史的韩愈接到了邀请，但仍未能成行。于是，他不仅"缺席作记"，而且还把自己的缺席写成了记的题材。后来宋代的欧阳修为岘山亭作记、苏轼为照水堂作记，皆因循韩愈的《新修滕王阁记》而来，渐成一种体式。而范仲淹作《岳阳楼记》，通篇写景皆采用"若夫""至若"一类的虚设之辞，也并非亲临其地、登高寓目之作。更有甚者，韩愈不仅没有为了牵合题记的体例，尽力遮掩这一事实，反而在文章的结尾大肆炫耀：

> 愈既以未得造观为叹，窃喜载名其上，词列三王之次，有荣耀焉，乃不辞而承公命。其江山之好，登望之乐，虽老矣，如获从公游，尚能为公赋之。[1]

“三王”指王勃、王绪、王仲舒，各有关于滕王阁的文字流传。韩愈作为迟到者和缺席者，原本处于双重劣势。但他不仅写了《新修滕王阁记》，甚至还说自己虽有“未得造观”之憾，却能因为这篇文字，而载名于滕王阁上，跻身于“三王”之列，庆幸自己“有荣耀焉”。就这样，韩愈轻而易举地颠覆了题记的传统规则，本末倒置，先后颠倒：亲临到场的前提并未兑现，但无妨先写《新修滕王阁记》。至于滕王阁的“江山之好”与“登望之乐”，以后若有机会登楼造观，“尚能为公赋之”。

在诗歌领域内，中唐时期与此类似的例子，见于刘禹锡的《金陵五题》。其中的前两首《石头城》和《乌衣巷》最负盛名：

> 山围故国周遭在，潮打空城寂寞回。
> 淮水东边旧时月，夜深还过女墙来。

> 朱雀桥边野草花，乌衣巷口夕阳斜。

[1] ［唐］韩愈：《新修滕王阁记》，收于《韩昌黎文集校注》，卷2，页93。

旧时王谢堂前燕，飞入寻常百姓家。[1]

这一组诗开启了金陵怀古的系列，甚至还包括了宋代周邦彦等人的词作。但刘禹锡本人在《引》中自述曰：

余少为江南客，而未游秣陵，尝有遗恨。后为历阳守，跂而望之。适有客以《金陵五题》相示，逌尔生思，欻然有得。它日，友人白乐天掉头苦吟，叹赏良久，且曰："《石头（城）》诗云：'潮打空城寂寞回'，吾知后之诗人不复措词矣！"余四咏虽不及此，亦不孤（按：辜）乐天之言尔。[2]

首先，刘禹锡的《金陵五题》本为虚设之辞，作者不仅没有遵循怀古的先例，寻访金陵的六朝遗迹，并且即兴写作，他甚至根本就没去过金陵。其次，他的《金陵五题》是从一位客人的诗作中获得了写作的最初灵感，连题目都出自前作，一字不变。那位客人听上去曾游金陵，但姓氏不详，作品也无从查考。反倒是刘禹锡的这一组神游金陵的诗篇，不仅力压前作，而且无人不晓。更具反讽意味的是，依照《云溪友议》的说法，刘禹锡在白帝做了三年的地方官，竟然写不出一首关于巫山的诗，因为在他看来，这一胜地已被四位先行

〔1〕［唐］刘禹锡撰，卞孝萱校订：《刘禹锡集》，卷24，页309—311。
〔2〕［唐］刘禹锡撰，卞孝萱校订：《刘禹锡集》，卷24，页309—311。

者的作品穷尽其妙，也因此被他们占了去。[1]而他从客人的诗作中衍生而来的《金陵五题》，却占据了他从未到过的金陵，成为它的标志性作品。后人只要叙写金陵六朝以降的古今之变与盛衰荣辱，就绕不过这一组诗作。甚至那些身在金陵的诗人和词家也不例外：他们需要以刘禹锡的想象之辞为起点，或者通过它的中介，与近在眼前的这座古城建立起有意义的接触与联系，从而完成自己的金陵书写。[2]

回顾诗歌史，刘禹锡的历史地位或许正是这样建立起来的。他的名声与他从未涉足的金陵名胜，变得彼此难解难分了。

继李白之后，从杜甫到韩愈和刘禹锡，我们看到了题写名胜的两种不同的方式，从“江城含变态，一上一回新”到即景诗的“缺席写作”，它们共同围绕着迟到者后来居上、反败为胜的动机展开，体现为文本之间的模仿与竞争关系，并且从各自不同的角度回应了以文字书写“穷尽”和“占据”一处名胜的看法。这两种模式之间相互关联，彼此补充。它们揭示了文本互文关系如何塑造了名胜风景，而迟到者又怎样变劣势为优势，并且悬置了即景诗的写作模式及其亲临其地的假设前提。

---

〔1〕 如前所见，此说不确。刘禹锡的现存诗作中有一首《巫山神女庙》，当然也不排除是他离开此地后所作。

〔2〕 Stephen Owen, “Singularity and Possession,” pp.12-33; Stephen Owen, “Place: Meditation on the Past at Chin-Ling,” *Harvard Journal of Asiatic Studies* 50 (1990): 417-458.

“缺席写作”的模式，看上去似乎改变了题写名胜的竞争规则，但实际上暴露了它未曾点破却在真正起作用的因素：李白之所以能占据凤凰台，与崔颢分庭抗礼，并不是因为他曾亲临凤凰台，而是因为他从崔颢的《黄鹤楼》诗中演绎出了足以与之抗衡的凤凰台诗。《登金陵凤凰台》与《黄鹤楼》之间的文本关系，显然大于它与所题写的凤凰台之间的关系。因此，与其无所凭借地摹写凤凰台的景观，不如加入与经典名篇的对话协商，为自己的作品在日益增长的诗文谱系中，创造一席之地。由此看来，亲临观览和即景生情不过是一个听上去合理的故事，并不构成题写胜迹的必要条件。韩愈和刘禹锡的例子表明，缺席未必不好，迟到又有何妨？

即景诗的写作范式蕴含着关于经验感受和语言书写的直接性和真诚性的假设：诗人务必在场，并且当即写作，以确保他的感受经验是未经中介的，他的文字表达是即兴完成的。但这一假设的意义并不仅限于即景诗而已，而是体现了中国古典诗学的一个重要的价值判断和审美理想。由此而言，诗歌作品的艺术价值直接取决于它所表达的经验感受的质量与品格。所以，我们有必要暂时脱离这里讨论的历史时期，而对前后相关的理论做一简要的概述。

在中国古典诗论中，不难看到这样一个倾向，那就是试图超越语言或书写媒介，而直接进入诗歌所指涉的经验领域。为此，传记批评和“本事”重构往往不惜通过虚构的方式，为诗歌写作提供“现场解说”。体现在诗歌批评中，于是有了对“直寻”与“不隔”的追求。钟嵘（约468—518）的《诗品》曰：

> 至乎吟咏情性，亦何贵于用事？“思君如流水”，即是即目；“高台多悲风”，亦惟所见；“清晨登陇首”，羌无故实；“明月照积雪”，讵出经史？观古今胜语，多非补假，皆由直寻。[1]

表面上看，钟嵘讨论的只是用典用事的修辞技巧问题，但他的“即目”“直寻”说的意义，显然又不止于此。他声称：“观古今胜语，多非补假。”而所谓“补假”，用他自己的话说，就是“拘挛补衲”“殆同书钞”，因此失去了诗歌直观感悟的“自然英旨”。只是他忘了，“思君如流水”本身已是一个比喻，“高台多悲风”也介入了悲秋的诗骚联想和心理积淀。这一切都并非不经意之间即目所见的“直寻”所能说明的。事实上，无论是感受经验，还是语言表达，都是诸多媒介交互作用的产物：不仅期待和想象参与塑造了我们所看到的景观，而且我们头脑中储蓄的历代诗文，也不可避免地制约了我们对眼前之景的观察。而语言系统更是先于每一次言说和书写而存在的，谁都无法超乎其外。

“不隔说”出自近人王国维（1877—1927），体现了

〔1〕［梁］钟嵘著，曹旭集注，《诗品集注》（上海：上海古籍出版社，1994年），页174。

他综观古典诗词的一个重要角度。他的《人间词话》第四十曰：

> 问“隔”与“不隔”之别，曰：陶、谢之诗不隔，延年则稍隔矣；东坡之诗不隔，山谷则稍隔矣。“池塘生春草”“空梁落燕泥”等二句，妙处唯在不隔。词亦如是。即以一人一词论，如欧阳公《少年游·咏春草》上半阕云：“阑干十二独凭春，晴碧远连云，千里万里，二月三月，行色苦愁人。”语语都在目前，便是不隔。至云“谢家池上，江淹浦畔”则隔矣。白石《翠楼吟》：“此地，宜有词仙，拥素云黄鹤，与君游戏。玉梯凝望久，叹芳草萋萋千里。”便是不隔。至“酒祓清愁，花消英气”则隔矣。然南宋词虽不隔处，比之前人，自有浅深厚薄之别。〔1〕

从王国维的上述评论来看，所谓“不隔”指的是“语语都在目前”，而“隔”则如同是“雾里看花”。由此出发，他推崇诗中的陶渊明、谢灵运和苏轼，而认为颜延之和黄庭坚略显逊色。他也因此高度评价北宋词如何为南宋词所不及。当然，王国维所说的“隔”与“不隔”，既涉及写景，也与抒情相关，但他显然更倾向于从语言文字的视觉呈现

〔1〕王国维著，徐调孚注，王幼安校订：《人间词话》（北京：人民文学出版社，1960年），页210—211。

的角度来看这个问题。尽管他有时也在同一位诗人或词人的作品中分辨出隔与不隔两类，可总体来说，他似乎认为，在诗与词的文体内部，都各自经历了一个从“不隔”到“隔”的蜕变。诗人和词家逐渐失去了与外部世界亲密无间的接触和对外部世界的直观把握，他们通过语言文字将读者直接带入经验领域的能力，也发生了相应的退化。

不过，王国维对“不隔”的理解与钟嵘的“即目”“直寻”说仍有所不同：“不隔”主要是就诗歌语言表达的效果而言。因此，“语语都在目前”也可以指“心灵之眼”的视觉想象，而不必以诗人的当下在场和直书所见为前提。回过头来读刘禹锡的《金陵五题》，即便作者远离金陵，他留下的关于金陵的诗句，似乎也够得上王国维所说的“不隔”的境界。

但在中国的思想和文论传统中，我们也可以看到对语言和书写的完全不同的理解：从老子、庄子对语言文字的根深蒂固的怀疑，到“言不尽意”的论述和“心画心声总失真”的判断，不胜枚举。[1]从这些论者的立场来看，不

〔1〕“心声心画”的说法出自汉代的杨雄：“故言，心声也；书，心画也。声画形，君子小人见矣。”（［汉］扬雄：《法言·问神》，收于汪荣宝撰，陈仲夫点校：《法言义疏》，北京：中华书局，1987年，页160）金代元好问对此持不同看法：“心画心声总失真，文章宁复见为人。”（［金］元好问：《论诗三十首·其六》，收于狄宝兴校注：《元好问诗编年校注》，北京：中华书局，2011年，页51）关于魏晋时期的言意之辨，见袁行霈：《言意与形神——魏晋玄学中的言意之辨与中国古代文艺理论》，收于袁行霈：《中国诗歌艺术研究》（北京：北京大学出版社，1996年增订版），页63—86。

仅书写的文字无法替代面对面的口头交流，而且口语本身也难以有效地传达言说者的意图。因此，即便作者在场，当即写作，也无法克服言、意、象之间的距离。与此相关，清人郑板桥（1693—1765）曾论及“眼中之竹”“胸中之竹”“手中之竹”之间如何互不相侔，也大致适用于文学写作。[1]他强调的是，艺术形象形成的三个不同阶段之间，存在着间隔和断裂，而间隔和断裂又分别与艺术家的观察、构思和对艺术媒介的运用，一一对应关联。他讨论的是艺术创作，但也可以反过来从观众的角度出发，对艺术形象的接受过程做出相应的理解。郑板桥的这一说法可以与钟嵘的直寻说和王国维的不隔说形成一个有趣的对话。

然而，诗歌毕竟是语言文字的艺术，缺乏绘画艺术所具备的那种直观性。如果绘画艺术尚且存在着艺术语言（手中之竹）、意象（胸中之竹）和形象（眼中之竹）三者之间的隔离和断裂，在语言文学中就更有甚之了。晋人陆机在《文赋》中曾感叹说：“恒患意不称物，文不逮意。”可以说是以他自己的方式，概括了魏晋时期有关言、意、象的论述，也预示了郑板桥的上述看法。无论是陆机，还是郑板桥，都围绕着意念、能指（艺术符号）与所指三者之间的关系来立论，但又没有在能指的部分充分展开论述。

法国理论家德里达（Jacques Derrida）曾自造 différance（延异）一词，来表示文字意义的延滞性与差异性：文字的

[1]［清］郑板桥，《郑板桥集》（北京：中华书局，1962 年），页 161。

意义不可能通过正在发生中的言说行为而得到直接的呈现。作为文字符号系统的一部分，每一个字词总是通过与别的字词的差异来界定的，意义的产生因为经由无穷无尽的能指链条而被延迟了。[1]这一论述具有普遍性的意义，对于我们从文字书写的角度来思考与即景诗相关的问题，也同样不失有益的启示。

从这一角度来考察，杜甫、韩愈和刘禹锡的“迟到”身份与“缺席”写作，就显示出了更深刻、也更普遍的意义。而回观崔颢的《黄鹤楼》和李白的《登金陵凤凰台》，其中所写的也正是迟到者对过去的回顾：黄鹤和凤凰都早已离去，空留以它们命名的楼台于其后，成为过去事件的残存痕迹。所以，诗人的在场，无非是见证了历史的缺席，眼前之所见，凸显了过去的不可见。由此可以看到命名的滞后性，也可以看到文字意义的生成方式。不仅如此，文字的意义也并非一成不变：李白笔下的晋代“衣冠”已化作“古丘”，历史被自然所同化，命名失去了原初的意义。而《黄鹤楼》中绵延千载的白云，既是联结今昔的时间链条，又是漂泊离散的象征符号，并且起到了遮蔽阻隔的作用。而被它遮蔽阻隔的，正是诗歌文字所指向的那个遥不可及的神秘所在。

---

〔1〕 德里达多处论及这一概念，详见“Différance,” in *Margins of Philosophy*, trans. by Alan Bass (Chicago: The University of Chicago Press, 1982), pp. 1-27; “Implications,” in *Positions*, trans. by Alan Bass (Chicago: The University of Chicago Press, 1981), pp. 8-10。

回头重审杜甫的“物色分留待老夫”和“江城含变态，一上一回新”的说法，我们不难看到它们各自的不同侧重：前者暗示了“物色”的定数和有限性，每一位后来者只能得到其中的一份，并通过加入先行者的行列，而与其平分或共享。而后者则意味着，在主客体双方，也就是观察者与他所观察的世界这两个方面，都蕴藏着不可穷尽的可能性。一位诗人可以在每一次登山临水之际，都对它们做出全新的观察和呈现。不过，这两个说法又异中有同，也就是在题写名胜的题目上，都为后来者留下了写作的空间。更准确地说，是将时间一笔勾销，无论“先行”还是“迟到”，都变得无关紧要了。方回的“岳阳楼壮观，孟、杜二诗尽之矣”一说因此不复成立，而黄鹤楼情结的前提也不攻自破。

然而，我们也不难看到，在中国古典时代的诗歌范式之内，杜甫的“一上一回新”的说法难以完全兑现。与古典主义范式相伴随的，是相应的心灵状态和世界观，包括对世界的特定的观照与书写方式。刘勰所说的“物有恒姿”，到了李白的笔下，就变成了“阳春召我以烟景，大块假我以文章”的“文章”。[1]这将我们带回到了本书关于“文”的核心论述。物之恒姿，即自然之文或“天文”：天地万物，无待外饰，自成“文章”。但天文并不外在于

[1] [唐]李白：《春夜宴从弟桃花园序》，收于郁贤皓校注：《李太白全集校注》，第8册，页3830。

“人文”而存在，而是与人文交相呼应，形成了一个内在的同构关系。自然界的诸般物色的姿态和“文章”，经过这一番观照和书写，一方面被文本化了，也就是被组织进诗行、对仗和诗篇整体的文字结构，另一方面则转化成为意象和意境，变成了文本化的心灵风景。传统诗论中常说的心与物、情与景的契合交融，实际上就发生在由文本构成的这一既定的意义符号的框架之内。除此之外，并不存在一个独立的外部世界的自足风景。那个世界固然存在，但与风景无关。即便是强力诗人李白，在与崔颢竞争时，也没有脱离这一心灵风景的文本框架而重新开始。[1]从这个意义上说，所谓名胜风景并非诗人登临观览、描状物色的直接产物，而更多的是他与先前的文本不断对话协商的结果。归根结底，它是从同一张织机上编织出来的锦缎文章。那些频繁重现的图案样式，尽管斑斓变幻，却又错落有致，可以一一辨识。

---

〔1〕 柄谷行人曾经指出，1890 年代的日本小说家开始摆脱中国古典诗文的模式，而重新“发现风景”，为此他们经历了一个感知结构的内在转变。见 Karatani Kōjin, “Discovery of Landscape,” in *Origins of Modern Japanese Literature*, trans., Brett DeBary (Durham and London: Duke University Press, 1993): 11-44。

九　名胜的文本化与文本化的名胜

尽管黄鹤楼的名称历时不变，它所指涉的物质对象却向来变动不居，屡建屡毁。黄鹤楼的每一次重修都各有不同，甚至面目皆非，连坐落的地点，也变得游移不定，莫衷一是。因此在时空的坐标中，留下了空白、断裂，更谈不上历史的连续性和稳定性了。[1]这一现象迫使我们不得不正面回答这样一个问题：诗歌题写与其题写对象之间的关系，究竟该怎样来理解？

历代吟咏黄鹤楼的诗文，也不时写到了黄鹤楼的废墟遗址。例如，活跃于清同治年间的王熙緗在《登黄鹄山次吴荷屋中丞韵》的开头写道：

乱余莫问古时楼，黄鹄危矶迹总留。[2]

张开霁的《和王梦崧观察登黄鹄山，追次吴荷屋先生韵》应和曰：

城边空自忆高楼，劫火三经我尚留。[3]

巫鸿在论及中国绘画史时指出这样一个现象：尽管

---

〔1〕 关于黄鹤楼历代兴废的情况，详见陈熙远：《人去楼坍水自流——试论坐落在文化史上的黄鹤楼》的《附表 黄鹤楼兴废修建相关诗文》，收于李孝悌编：《中国的城市生活》（台北：联经出版事业股份有限公司，2005年），页411—416。

〔2〕 见《黄鹄山志》卷七“艺文”，页263。

〔3〕 同上。

历代以名胜为题的图画层出不穷，但废墟却几乎从未进入绘画的视域。他还在诗词与绘画之间做出了对比——诗词中多有寻访、凭吊古迹的怀古之作，而在绘画中，废墟遗迹却难得一见。[1]不过，我想在此说明的是，题写名胜的古典诗词与名胜图绘之间，也不乏一致之处，甚至还有过之而无不及：诗人可以在名胜不复存在的情形下题写名胜，在黄鹤楼的废墟遗址上，用文字砌起一座想象的黄鹤楼。

光绪十年八月初四（1884年9月22日）傍晚，武昌城一处作坊失火，殃及黄鹤楼，致使这座同治七年（1868）建成的壮丽非凡的建筑，一举而化为灰烬，仅留下了青铜铸成的重达两吨的宝铜顶。（图9：1～3）此后屡次动议重建都没有结果，直到1985年一座崭新的黄鹤楼落成之前，在武昌的长江岸边，黄鹤楼这一历史名楼缺席了长达一个多世纪之久。康有为1894年有诗为证：

浪流滚滚大江东，鹤去楼烧矶已空。[2]

黄遵宪在1898年也写道：

---

〔1〕Wu Hung, Chapter One "Internalizing Ruins: Premodern Sensibilities of Time Passed," in *A Story of Ruins: Presence and Absence in Chinese Art and Visual Culture* (Princeton: Princeton University Press, 2012), pp. 11-92.

〔2〕［清］康有为：《登黄鹤楼》，收于姜义华、张荣华编校：《康有为全集》第12册（北京：人民大学出版社，2007年），页171。

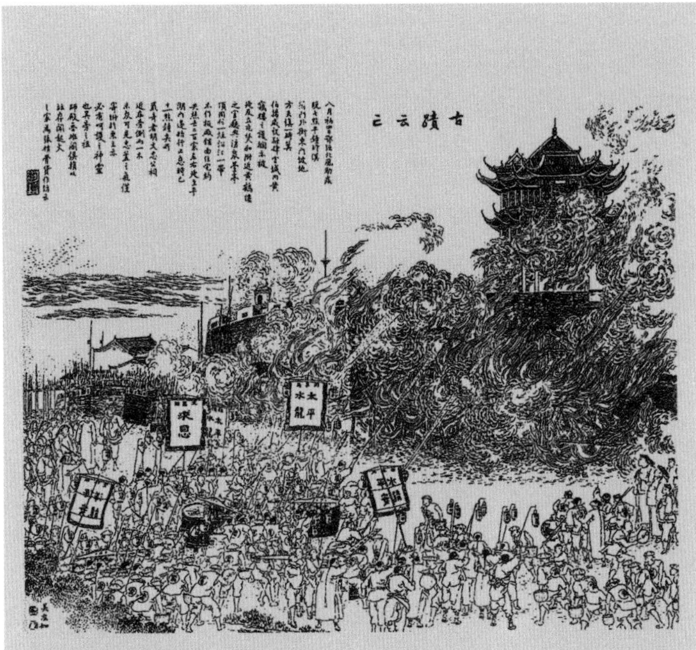

图 9：1 《古迹云亡》 光绪十年大火 《点石斋画报》（1884 年）

图 9：2 1884 年火灾前的黄鹤楼（摄于 1870 年代）

图 9：3 黄鹤楼（摄于 1871 年）

黄鹤高楼又捶碎，我来无壁可题诗。

擎天铁柱终虚语，空累尚书两鬓丝。[1]

张之洞从1889年至1907年一直坐镇武昌。鉴于黄鹤楼屡遭厄运，他曾表示将来炼铁有成，当改造铁壁，庶免火灾。黄遵宪在诗里嘲笑他说了大话却没有兑现。可是，黄遵宪忘了他本人在感叹“我来无壁可题诗”之前不久，也就是1895年，就写过一首《上黄鹤楼》，自称“婆娑老子自登楼”[2]。而康有为虽然在诗中描写了“鹤去楼烧矶已空”的景象，可诗题上却赫然写着《登黄鹤楼》。类似的例子还有很多，这里就不一一列举了。

“黄鹤高楼已捶碎”的声明不幸变成了现实，但即使在黄鹤楼圮荒榛芜莽之际，仍有不少诗人骚客一如既往地大写特写登楼观览之作，仿佛什么都没有发生过一样。题写黄鹤楼的传统没有因此中断，反而我行我素，这岂非咄咄怪事？但在中国古典诗歌中，却又见惯不惊，甚至习以为常了。这究竟是为什么呢？千言万语，归根结底，正是因为诗人所登览和题写的，是一座高度文本化的黄鹤楼。哪怕是即景题写的诗篇，也并不依赖于它指涉的对象而存在，而是悄然游离于经验世界之外。对于历史上黄鹤楼的兴废

〔1〕［清］黄遵宪：《己亥杂诗》，收于［清］黄遵宪著，钱仲联笺注：《人境庐诗草笺注》（上海：上海古籍出版社，1981年），下册，页826—837。

〔2〕［清］黄遵宪：《上黄鹤楼》，同上，页763。详见陈熙远：《人去楼坍水自流——试论坐落在文化史上的黄鹤楼》，页369—370。

陵替与变化无常，诗歌题写形成了一个强势补偿，也形成了一条重要的纽带，以此维系这一历史胜迹跨越时空的连续性和稳定性。于是，从名胜的文本化产生了文本化的名胜。而文本化的名胜，又反过来有助于我们理解题写黄鹤楼的诗篇与黄鹤楼之间的关系。

的确，这一座高度文本化的黄鹤楼巍然矗立在文学记忆的深处，也高耸于时间之流之上，天灾人祸都不足以给它带来损坏或造成威胁。陈熙远在《人去楼坍水自流——试论坐落在文化史上的黄鹤楼》中，对此做过充分的论述。〔1〕而这也让我想到牟复礼（F. M. Mote）在他关于苏州的一篇文章中提出的说法："过去是由词语，而非石头构成的。"（The past was the past of words, not of stones.）〔2〕他认为中国传统中的都市历史记忆是通过文字书写来完成的，而不依赖于城市建筑的物质媒介。法国汉学家李克曼（Pierre Ryckmans）也有过类似的说法。〔3〕这个说法涉及许多其他的问题，不可能在此一一分梳。然而就其核心而言，他们强调中华文明是以书写为中心的，因此对于文字书写的关注远远超过了对物质世界的关注。把

---

〔1〕详见陈熙远：《人去楼坍水自流——试论坐落在文化史上的黄鹤楼》，页367—416。

〔2〕F.M. Mote, "A Millennium of Chinese Urban History: Form, Time and Space Concepts in Soochow," *Rice University Studies* 59 · 4 (1973): 35-65.

〔3〕Pierre Ryckmans, "The Chinese Attitude toward the Past," *Papers on Far Eastern History* 39 (1989): 1-16.

这一说法延伸到黄鹤楼的诗歌题写系列，也不乏适用的部分。简而言之，书写大于书写的物质对象，而不是依附于物质对象而存在。同样，题壁诗也最终超越了题壁的物质形式。这意味着，书写是自我完成的，它创造了自身存在的"现实"。保存在文字中的黄鹤楼，因此替代了作为物质实体的黄鹤楼，而成为人们对它的历史记忆的主要来源与基本形式。

我想补充的是，牟复礼和李克曼在这里都把文字书写与物质存在对立起来加以选择。这固然不无道理，但我们不该忘记：首先，文字书写也是一种物质媒介形式，它本身就具有物质性。语言当然也涉及声音等其他物质媒介，但在广播和录音等现代技术发明之前，发声只是一次性的事件，无法保存，也无从复制。相比之下，文字从一开始就构成了跨越时空的物质媒介，与毛笔的书写、版刻、拓印等技术手段密不可分。这在题壁诗的形式中体现得无以复加了。同时，我在上文中已经指出，书写的物质性，也可以转化成诗歌文字的内在密码，由此塑造诗歌的意义内涵，并构成解读诗歌的先决条件，前面读到的"新刷粉壁"就是一个例子。换句话说，书写的物质性并非外在于诗歌而存在，也不仅仅与诗歌的呈现形态与传播接受的方式有关。它构成了诗歌文字的内在品质，因此直接决定了诗歌作品的意义生产和读者对作品的阐释。

其次，诗人不仅通过诗歌题写占有了一处名胜，更重要的是以这种方式将名胜创造出来。反讽的是，无论《黄鹤楼》还是《登金陵凤凰台》，都关注于古今的时间差异及其所造成的名实分离，并且在见与不见之间大做文章，而后世的迟到者却试图一厢情愿地克服时空的差距和名实的乖离。他们在各自的景点上，将诗中的名词一一坐实，甚至通过建筑等手段，把它们指涉的对象重新构造出来，从而从诗歌文字中衍生出了相应的物质实体。

上文早已指出，即便是即景诗一类的古典诗歌，也并非对外部世界的忠实摹写和再现，或记载了诗人对客观世界所做出的独特的情感反应。尽管一首诗可以在具体的描写中保留自然景物此时此地的某些特殊性或不可重复的因素，但在呈现的模式和诗行结构上，却往往具有广泛的普遍性。而这一普遍性正是通过后人对先例和范本的不断模仿或重写而逐渐形成的；它在宏观的层面上与某种集体的心理结构和观照世界的方式密不可分，在微观的层面则可以落实到句式的重复变奏和意象的延伸置换。不过，我希望在这里补充说明的是，这并不意味着诗歌因此与其所呈现的外部世界毫无关系。事实上，诗歌不仅支配了人们对它所呈现的对象世界的观照方式，而且创造或重塑了它的对象世界自身，并对后者施加了持续性的控制和影响。也就是说，文本化的名胜也可以反过来改造名胜的物质世界。由此而言，不是诗歌模仿名胜或复制名胜。恰恰相反，是诗歌创造了名胜，名胜为诗歌所塑造。

王勃的《滕王阁》写道：

画栋朝飞南浦云，珠帘暮卷西山雨。[1]

其中的“南浦”和“西山”都不过是泛指而已，但我们随手拿起一本后代编纂的方志，就会惊讶地发现，它们都变成了“专用名词”。这是一个时间上的误会，因为作为特定的所指，它们在王勃的诗作诞生之前是不存在的。

围绕着“鹦鹉洲”所发生的故事，就更富于戏剧性了。在唐人提到鹦鹉洲的诗篇中，崔颢的《黄鹤楼》尤其引人瞩目。但自然界却处在不断变化当中，到了晚明的天启、崇祯年间，由于长江主流从汉阳一方偏向了武昌岸边，鹦鹉洲就此沉入水中。（图 9：4）而时至 1769 年前后，黄鹤楼对面的汉阳岸边又淤出了一个新洲，一时为当地民众所据。官府令其补纳课税，因此得名“补课洲”。[2]汉阳县令裘行恕先后三次禀请，终于“复鹦鹉洲之名以存古迹”。（图 9：5）所谓“复名”，实为挪用。名之所“存”者，并非“古迹”，因为堪称古迹的鹦鹉洲早已湮没无存了。“复名”背后的逻辑再度印证了书写的力量和诗歌语言的权威性。作为长江中的一个小岛，鹦鹉洲之所以成为古迹，正是因为前人在诗文中不断写到。这个文本化的鹦鹉洲早就储存在了读者的心灵记忆的深处，因此也是抹不掉的。即

[1]［唐］王勃：《滕王阁诗》，收于［唐］王勃著，［清］蒋清翊注：《王子安集注》，页 76—77。

[2] 见冯天瑜主编：《黄鹤楼志》（武汉：武汉大学出版社，1999 年），页 137。

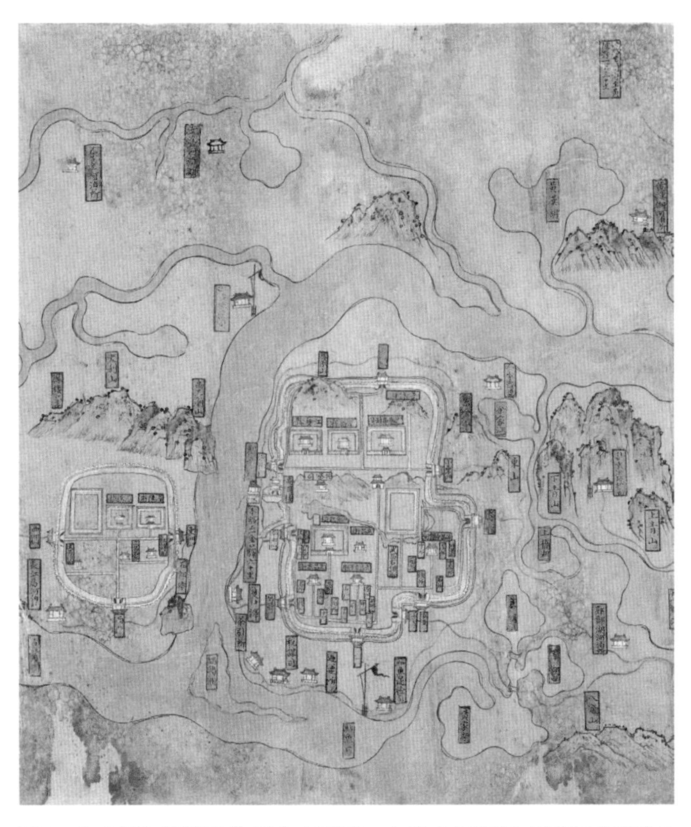

图 9：4 ［明］《长江图》残本（局部） 台湾“中研院”历史语言研究所明清档案室藏

图上可见鹦鹉洲明显南移，不再处于与黄鹤楼相对的位置上。而且鹦鹉洲的着色同于江水，似乎暗示它正逐渐沉入长江。据陈熙远研究，该图绘制于明永乐年间，见《长江图上的线索：自然地理与人文景观的历史变迁》，《“中央研究院”历史语言研究所集刊》85.2（2014 年 6 月），页 269—358。而清初绘制的另一幅长江图显示，鹦鹉洲已不复可见，图中在原鹦鹉洲所在处标志“鹦鹉洲今沉”。见［清］《长江图》（局部），清康熙年间绘制，绢本彩绘，纵 414 厘米，横 198.5 厘米。原图名称是《湖广全省舆图》，台北故宫博物院藏。

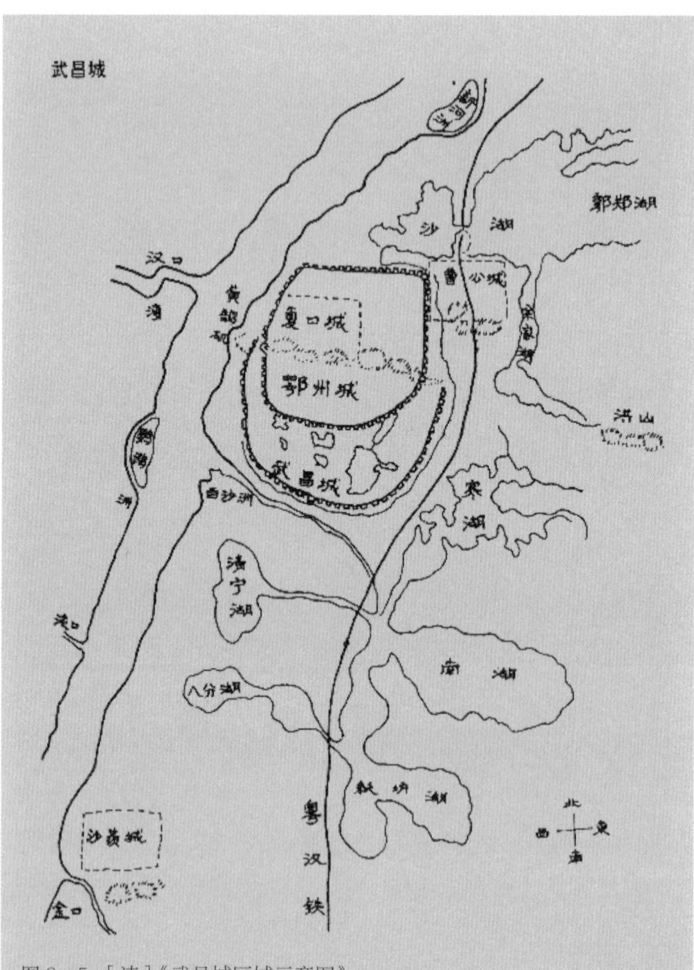

图9：5 ［清］《武昌城区域示意图》

明天启之后，在靠近汉阳岸边的长江水面上，淤积了一个小洲。如图所示，它被命名为“鹦鹉洲”，但后与江岸连为一体。

图 9：6　警钟楼

使它从江面上消失了，仍无妨通过“复名”的方式，将它重新创造出来：既然有诗为证，鹦鹉洲就应该在那里。它必须存在，哪怕只是为了成全那个诗的世界。

黄鹤楼毁灭之后，也重演过“复名”的传奇。黄鹤楼于光绪十年毁于大火之后，在它的遗址附近先后出现过两座建筑：一座是湖北巡抚端方于 1904 年主持建造的一栋两层的欧式红色楼房，1910 年在其侧加盖了一座高耸的警钟楼，与黄鹤楼风格迥异，规模也相形见绌。（图 9：6）另一座是奥略楼，为张之洞的门生僚属于 1907 年之后筹资所建，本意是为离开武昌赴京任军机大臣的张之洞树碑立传，因名“风度楼”。张之洞得知后，建议改成奥略楼，并且亲笔题写了楼额。（图 9：7～8）尽管如此，还是有游客将它称作黄

图 9：7　奥略楼

图 9：8　警钟楼　左为奥略楼

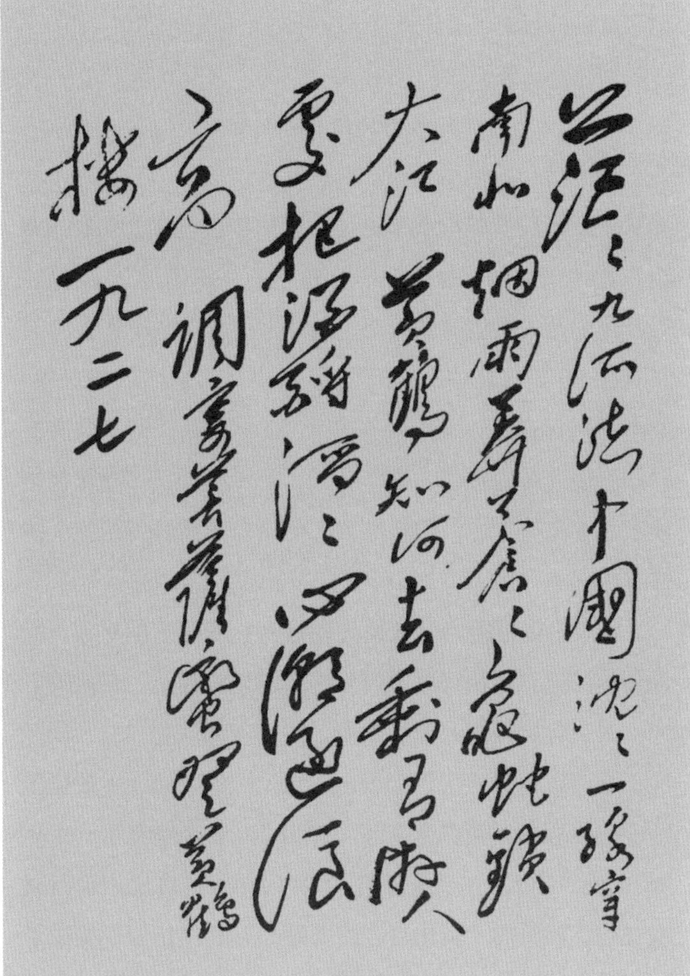

图 9：9　毛泽东手迹 《菩萨蛮·登黄鹤楼》

鹤楼，并且当作黄鹤楼来题写。[1] 1927年春，毛泽东也曾途经武昌，写下了《菩萨蛮·黄鹤楼》：（图9：9）

黄鹤知何去？剩有游人处。[2]

实际上，不仅黄鹤早就不见了，黄鹤楼也已化为乌有。剩余在此地的“游人处”并非标题上的“黄鹤楼”，而是晚近修建的西式风格的警钟楼。康有为和黄遵宪分别于1894年和1895年“登临”题写的黄鹤楼，都是他们想象的、文本化的黄鹤楼，而毛泽东在1927年登览的则是这座警钟楼。以此楼为彼楼，聊作替代，正无妨说是“复黄鹤楼之名以存古迹”也，归根结底，仍出自黄鹤楼诗的悠久的文本传统。

后人不仅根据诗歌来重构或命名它所题写的对象，而且还接二连三地从诗歌中衍生出新的地标建筑。自明清以降，围绕着黄鹤楼，先后出现了“晴川阁”和“白云阁”。这正是“履行性言说”（performative utterance）的典型例子：崔颢的《黄鹤楼》说“晴川”，于是就有了“晴川阁”；说“白云”，于是又有了“白云阁”。言说不仅有召唤之功，还附加了转化力，将“晴川”和“白云”变成了

〔1〕见冯天瑜主编：《黄鹤楼志》，页25—26。警钟楼的修建者，一说是张之洞。

〔2〕此词收入《毛泽东诗词集》时改题为《菩萨蛮·黄鹤楼》（北京：中央文献出版社，1996年，页10—11）。

“阁”的修饰语。除了崔颢作为奠基之作的那一首《黄鹤楼》，李白黄鹤楼搁笔的传说，也以缺席者的身份加入了黄鹤楼题诗的系列，并且产生了与之相匹配的纪念性的建筑等物质形式。明万历年间，徐日久以劾谪官湖广藩幕，署江夏事，曾构太白堂，并作《太白堂诗》，其序曰：

> 余以政暇新构此堂，复酌酒为诗以落之。千三百余年以来，差为太白吐气，非止为江山点胜而已。[1]

入清之后，又有孔尚任（1648—1718）大张旗鼓地纪念李白的搁笔事件，并为此写了一篇《题搁笔亭诗序》：“闻旧有太白堂，一廊直通楼下，规模甚壮，今改为亭。”[2]然而，“游者历阶而过，不知此为何迹也。”他接着写道：

> 余徘徊亭下，遍读近人之诗。因口占四绝，书之粉板，并拟亭名于诗前，特为此地补此缺事。[3]

序中提到了这首题壁诗是“书之粉板”，李白当年在慈恩寺题诗，也曾写在松木牌上，然后挂到墙上去展示。孔尚任

〔1〕［明］孙承荣等纂辑：《黄鹤楼集》（湖北：湖北人民出版社，1984 年），页 36—37。

〔2〕见冯天瑜主编：《黄鹤楼志》，页 90。此诗及序未见孔尚任诗文集，作者身份仍有待确认。《江夏旧志》云：“太白堂在黄鹤楼后，邑令徐日久建，今更为亭。”转引自《黄鹄山志》卷二“名胜三”，页 288。

〔3〕冯天瑜主编：《黄鹤楼志》，页 90。

不仅题诗作序，书之粉板，还拟写了亭名，于是将这座无名小亭一举纳入了黄鹤楼题诗的新系列，并再一次见证了诗歌创造事件、文字衍生建筑的奇迹。

至此，我们又通过考察诗歌与其题写的名胜对象的关系，重温了《黄鹤楼》诗中的名与物、今与昔、见与不见的母题。后人或者对黄鹤楼的毁灭视而不见，或为之寻找一个临时的替代物，继续题写黄鹤楼的文字谱系。他们的做法还包括通过重建名胜来复制诗歌的文字世界，以确保二者之间的对应性和一致性。而这样做的结果也为后来者制造了新的写作话题，文本化的黄鹤楼因此得以自我延续和不断再生。

尾声 从搁笔到题诗

在关于李白黄鹤楼搁笔这个共同的题目之下，互不相识乃至跨越时代的个人，通过文字的前后呼应，将自己组织进了一个想象的群体。从黄鹤楼的搁笔亭这里，派生出了一个诗歌题咏的次生系列。这是一个新的开始，把题咏的对象从崔颢的《黄鹤楼》变成了李白从未写出的那首诗，从而再一次凭借文字书写的媒介，复制了诗人群体的构建方式：诗歌的文字、意象和句法结构不断相互指涉，层出不穷，正像他们为自己编织的想象的群体。对于文人作者来说，作诗本来就是一种参与性的社会行为，而他们的诗歌作品所共同造就的互文风景，正是这一参与性社会行为的产物。因此，我们也应该在这一社会语境中，来重新理解和估价中国古典诗歌的创造与沿袭等相关问题。

但有趣的是，搁笔亭的命名本身恰恰凸显了这一诗歌题咏系列的内在悖论与自我反讽：李白的搁笔成为后人题诗的缘起和话题，他的失语成全了他们的滔滔不绝。更有甚者，他的“影响焦虑”蜕变为他们唯恐不受“影响”的“焦虑”，最终让“加入”和“参与”的欲望占了上风。我们从上文已知，诗歌题写的系列何等强大。它具有不断自我衍生的能力，不仅从诗中翻造诗，从文字生发出文字，还超越了书写的领域，而对书写对象的世界产生持续性的影响。

黄鹤楼上挤满了慕名而来的诗人骚客，他们就着李白搁笔的题目，吟诗作赋，喋喋不休，终而复始。尽管如此，问题依旧难以回避：倘若认真反省传说中李白的“失败”，他们作为后来者和迟到者该怎样题诗？李白不断借助别的题目重写崔颢的《黄鹤楼》诗，这对他们来说，究竟又意味着什么？深陷于诗歌互文关系的天罗地网当中，他们应该如何作为，能否脱颖而出？

清代的一位无名氏为搁笔亭题写了一副楹联曰：

辛氏有楼谁贳酒，谪仙搁笔我题诗。[1]

"辛氏有楼"指的就是黄鹤楼，本事出自宋、元之际的《报恩录》，说的是当年辛氏在此处开了一个酒家，一位道士前来饮酒，取橘皮画鹤于壁，曰："客至，拍手引之，鹤当飞舞以侑觞。"辛氏遵其嘱，由是致富。十多年后，道士重访酒家，乘鹤而去。辛氏于此建楼，曰"辛氏楼"。[2]当然，这样一个传说最初很可能正是为了附会崔颢的《黄鹤楼》诗而编造出来的，未必就能解释辛氏楼和黄鹤楼的缘起。无论如何，无名氏这一楹联的上句"辛氏有楼谁贳酒"，说的正是仙鹤为酒家的客人"飞舞以侑觞"。下一句中的那个"我"字，虚位以待，向每一个来到这里题咏的诗人敞开。一旦轮到"我"来题诗，便有了天降大任于斯人，舍我其

[1] [清]佚名：《搁笔亭楹联》，收于徐明庭、李曼农选注：《黄鹤楼古今楹联选注》(武汉：武汉出版社，1990年)，页112。

[2] 见[清]陈文述：《黄鹤楼诗》，收于《颐道堂诗选》，卷23，收于《续修四库全书》编纂委员会编：《续修四库全书》第1505册，页227。

谁的气概，仿佛能为李白之不能为了。

嘉庆年间的一位江夏县令——江夏县令可是一位大忙人，光是接待那些前来黄鹤楼登览题诗的上司同僚和词人墨客，就够他一呛了——他的名字叫曾衍东。他曾经半开玩笑地为搁笔亭题过这样一副楹联，与上面那一副对联针锋相对，也为搁笔亭乃至黄鹤楼的题诗系列做出了判决，盖棺论定：

楼未起时先有鹤，笔从搁后更无诗。[1]

从“谪仙搁笔我题诗”到“笔从搁后更无诗”，前者是一厢情愿的自诩，后者是难以逃脱的宿命般的诅咒。这里的问题不在于他们要不要纪念李白，而在于崔颢写下了《黄鹤楼》诗之后，究竟还应该怎样题写黄鹤楼？作为迟到者，此后的诗人又如何继续作诗？这正是千百年以下，后来者不得不面对的“李白之问”。大哉此问，所答非一。而一句“笔从搁后更无诗”，更迫使他们从如何作诗与诗歌何为，追问到诗歌为何、何为诗歌了。

李白对崔颢的《黄鹤楼》所做的各种应对，以及由此

〔1〕张诚杰选编：《黄鹤楼诗词文联选集》（武汉：华中工学院出版社，1984年），页127。方伟华编：《黄鹤楼诗文》（长春：吉林摄影出版社，2004年），页70。《黄鹄山志》引《蔗余偶笔》曰：“‘楼未起时先有鹤，笔自搁后更无诗。’曾大令衍东题黄鹤楼太白堂楹帖也。超妙之作，足冠斯楼。阮太傅总制楚中，命去之，然早已脍炙人口。”（《黄鹄山志》卷四“金石”，页301）

衍生而来的一系列诗篇和关于诗歌写作的“本事”传说，在诗歌史与文学批评史上留下了一笔难得的丰厚资产。从中寻找断而复续的线索，重构题写名胜的文字谱系和叙述话语，同时深究其核心意蕴与内在理路及其各方面的潜力和可能性，就正是深入思考这一现象的一种方式。

我以李白回应崔颢的例子为线索，加以延伸与拓展，由此检讨题写名胜的即景诗范式及其引起的相关问题。这些问题在后世绵延不休，甚至愈演愈烈，但都多少可以追溯到唐代，而李白的个案在其中占据了一个不可替代的特殊位置。我采用了串联的手法，讲述唐代诗人通过题写名胜而模仿竞争的故事，尤其注重诗歌文本与包括逸事传闻在内的诗歌批评话语之间的复杂微妙的关系。对我来说，更重要的是通过对具体诗作的细读分析，质疑即景诗的理念及其前提，同时探讨在诗歌写作实践中真正起作用的古典主义范式的基本属性，它的所为与不为，潜力与极致。作为强力诗人，李白回应压力，挑战前作，甚至诉诸语言的、象征的暴力。但他并没有真正颠覆前作的范本，或改弦易辙，另起炉灶，而是凭借无懈可击的圆熟技艺，在互文风景的既成模型中完成了句式结构的调整和诗歌意象的延伸性替换。他不仅回应崔颢，还向崔颢的先行者沈佺期致敬，并因此将崔颢的《黄鹤楼》诗也纳入了同一个互文风景。换句话说，这不只是一个关于李白这样一位强力诗人的个人故事，也不仅仅是告诉了我们，他如何与先行者或当代诗坛的佼佼者捉对厮杀，并且后来居上。重要的是，李白凭借模仿和改写来收编前作，将其编入一个它们共同从属的结构模型之中。这一结构模型具有自我衍生与自我再生产的机制和潜力，既可能导致重复模仿，也可能产生像李白回应《黄鹤楼》诗这样的精彩系列。李白之后，杜甫、韩愈和刘禹锡等人，虽然未必直接回应他的做法，却对他所面临的处境，做出了各自的选择。他们的判断与取舍，为我们提供了一次难得的机会，来重新审视中国古典诗歌写作与诗歌批评中的一些至关重要的假设和命题，并试图得出新的结论。

以这些题写名胜的诗作为线索，我希望讲述一个诗歌史的故事。这其中的确包含了叙述的脉络，对于了解某些诗人的历史地位的形成及其升降起伏，以及诗歌史的建构与变迁，都不乏启示性。此外，我对古典诗歌批评的相关范式——从“情动于中而形于言”的“情志说”“彰显说”“物色说”“直寻说”，一直到江西诗派的有关论述——也做了一次回顾。这样做是为了以它们为根据来分析上述作品，看一看它们能否回答作品所提出的问题，与作品之间有无交集和对话的可能。因为说到底，我们最终必须面对的是诗歌的文本本身，并对它们负责。诗歌批评的上述诸说，无疑是对文学现象的总结，也直接或间接地参与塑造了它们所评论的文学现象，对于我们理解诗歌文本具有重要的相关性。但这不等于说，我们无法或不该与它们保持一个批评的距离。而保持批评的距离也就意味着，我们必须对这些论述“不言自明”的前提和“理所当然”的结论，做出分析和评价；或在个中人自圆其说之处，发现他们试图掩盖的动机、刻意回避的矛盾、有意无意的疏漏和难以回答的问题。对于文学史家和文学批评家来说，至关重要的一点，正是在“同情理解”与“批评距离”之间，保持一个恰到好处的平衡。

最后，以题写名胜为题，也不时需要超出文学研究的领域，而将它视为一个普遍性的文化现象来考察。这包括考辨名胜的建构与成毁，诗歌题写和展示的物质形式，广义的书写文化，以及相关的历史叙述和逸事传闻。这同时也包括将诗歌的写作、阅读和流传及其各种功能（引发事件、衍生建筑、定义所题写的名胜对象，以及塑造想象的文人群体等等）纳入讨论的范围。我试图借助“文”与“互文”的观念，来处理题写名胜的现象，并且最终落实在“名胜的文本化”和“文本化的名胜”的论述上。

寻访名胜的诗歌之旅，沿途风光无限，如从山阴道上行：“山川自相映发，使人应接不暇”，而又乐而忘返。远行至此，暂且告一段落。未能尽意之处，有待来日续补。

讲座记录　开场白和问答

开场白

曾守正：非常高兴今天可以有王梦鸥教授讲座这样一个机会，跟各位师友聚在一起。

我首先向商伟先生还有各位师友报告一下王梦鸥教授讲座的缘由。王梦鸥教授1956年来到政治大学任教。当年台湾有四所大学同时成立了中文系，一所是政治大学，一所是台南的工业学校，就是今天我们的成功大学，它是日据时代旧的学校，也设了中文系。除此之外还有两所私立学校，一所是在外双溪有基督教背景的东吴大学，还有一所是台湾本土性比较高的淡江大学，它的校名的英文名字是要用闽南语念的。不同背景的学校，在1956年这一年同时成立了中文系，开始积蓄、传承中国文化，从事中国学术的研究和教育，一直到今天。我这么说的意思是，今年政大正好也届满60年了。王梦鸥教授从1956年于政大任教到1979年荣退，而他一辈子教学的时间长达70年之久。据林明德教授的研究，王先生的专著有30部，单篇论文有93篇，涉及领域相当广泛，包括文学理论、文学批评、美学、经学等等，甚至还有现代文学以及剧本的创作。王先生可以说是我们政治大学中文系的资产，我想也是台湾学界，甚至整个华人世界在国学研究领域的一笔重大的资产。从2005年开始，政治大学为了要向王先生致敬，每年都举办一次王梦鸥讲座；每年都邀请杰出的海内外学者来到政治大学，在指南山下与我们交流，提供精彩的学术见解。我们很荣幸，在几年前邀请到了国球老师担当王梦鸥教授学术讲座的主讲人，今天也很难得国球老师能来参加。当然到了第二场的时候，我们也会偏劳国球老师来为我们主持一场。我想这里头有很多层的学术交流，而对我们来讲非常重要的是，用学术来向前辈学人致敬，这是一个慎重的期许。

今天我们很高兴请到了商伟先生，商老师是 1978 年进入北京大学中文系，1982 年毕业，毕业后跟随我们台湾一位著名的学者袁保新教授的叔父——袁行霈教授治学。袁教授古典文学的研究在台湾其实也有很多人知晓。商伟先生于 1984 年获得硕士学位，同年开始在北大中文系担任讲师，同时也协助林庚教授进行研究，整理《唐诗综论》和《西游记漫话》。我想这些著作我们绝大多数人应该也都读过。在这期间，他发表了有关古典诗歌的论文，从南朝到唐代，包括初唐诗歌的赋化现象，还有宫体诗等等。我们大概也知道商伟先生早期治学的兴趣，跟林庚先生和袁行霈先生有一段学术因缘的关系。他 1988 年到哈佛大学东亚系攻读博士学位，跟随着韩南先生，还有宇文所安先生，逐步转向研究明清的小说、戏曲等等。1997 年，他到哥伦比亚大学的东亚系任教。2003 年出版了一部非常重要的关于《儒林外史》的著作，2012 年经过改写后出了中译本《礼与十八世纪的文化转折：〈儒林外史〉研究》。2003 年之后，他先后担任哥伦比亚大学狄百瑞东亚人文讲座教授，以及杜氏中国文化讲座教授。今天很荣幸有这样的机会邀请到商伟老师来主讲。更让我感到喜悦的是，本来以为商老师会谈小说，而我本人多年来基本上较少研究小说，可是我们却看到了今天这个题目。我想这是商老师一个很重要的学术的起点，他现在回到了诗，尤其是回到了唐诗。这次的讲座总共有三场，我想各位在我们的折页里头可以看得到。今天是“题写名胜：从黄鹤楼到凤凰台”，第二场是“诗囚与造物：韩愈和孟郊笔下的诗人自我形象”，第三场是“长诗的时代：从杜甫谈起”。我就不要占用太多的时间，赶快把时间留给商先生。我想我们今天一定可以度过一个很充实愉快的下午。谢谢各位！

商伟：非常高兴今天在这里和大家见面，首先要感谢中文系的曾主任主持今天的讲座，感谢他的介绍和致辞；同时我也要感谢林启屏院长和文学院对我的邀请，使得我能够有机会担任今年王梦鸥教授学术讲座的主讲人。刚才曾主任已经说过，像王梦鸥教授这样的一位学者，他一生所从事的工作跨越中国文学研究的不同领域，从古典诗词到文学史、文学批评、文学理论、古典小说校勘，甚至文学创作。他在这么广泛的领域里，既有着精专、深入的研究，又体现出贯通的理解。上午我们聊天时也谈到，这在今天这样一个学科体制壁垒森严的状况下，已经难以想象了。他几乎可以说是一个文艺复兴式的人物。承担今天的讲座，我在荣幸之余也感到有些忐忑，毕竟是回到了我从前做的领域，也就是我在北大硕士期间主攻的方向。我后来也做过这方面的研究，发表了一些论文，但毕竟不是我的主业。所以，非常感谢你们给了我这样的一个机会，让我重温故梦。这三次讲座以盛唐和中唐的诗歌为主题，和大家一起，和在座的师长、同学交流一点读诗的体会，当然更希望能引起一些讨论与批评。这样的话，或许能不辜负讲座的初衷。

讲座的问答部分

曾守正：非常感谢商伟老师！刚刚商老师从我们小时候就开始熟悉的唐诗作品，李白的《登金陵凤凰台》，以及崔颢的《黄鹤楼》诗着手展开。可是我们发现这里头有很多有趣的现象，然后渐渐地进入李白的《鹦鹉洲》，甚至告诉我们，崔颢的《黄鹤楼》诗也可以往前再追至沈佺期的《龙池篇》。同时还涉及李白的《江夏赠韦南陵冰》《醉后答丁十八以诗讥余捶碎黄鹤楼》等诗歌作品。从文本的细读，包括句式、意象，甚至于用韵，逐渐上升，把题壁诗的表演性、文化性、占有性逐步扩大，甚至还涉及李白可能有的心理状态，又从“新图粉壁”这里说起，在墙壁上把旧有的作品覆盖掉，这一行为又产生了诸多的新的可能性。

这一切对我来讲都很有启示。商伟先生撰写了《剑桥中国文学史》下册中《文人的时代及其终结 1723—

1840》这一章。在接受报纸的访问时，他说："历史叙述需要戏剧性的转折标志，往往落实到某一年或某一天。但实际的历史过程却复杂而缓慢得多。时间离不开空间，如果考虑到空间的因素，历史过程又不能不考虑区域的差别：中国这样一个幅员广阔、地域差异明显的国度，尤是如此。文学史的展开不仅是时间性的，也是空间性的。在某些具体的例子中，空间的因素可能比时间的因素还重要。"这个访谈非常精简，或许其中提到的空间性未必跟黄鹤楼、凤凰台完全相关。可是我想这一段话，今天来看，与文学史研究有很大的关系。考虑到空间的因素，反顾文学史上常说的几个转折点，我觉得格外具有启示性。不晓得在座的师友，有没有要向商伟先生请教的？

来宾：老师好，我是台大中文所硕士班的学生。今天听老师的演讲很受启发，也让我想到之前念宇文所安《追忆》那本书里面讲到的很多东西。我觉得最有意思的是，老师讲到李白的"新图粉壁还芳菲"，就是怎么样抹去前人题写的历史，然后为诗人开辟一个新的空间。我的问题是，这个回忆的链条是怎么样被建立起来的？诗人在写作的当下，可能是存在一种不确定感，不知道自己能不能在黄鹤楼上留下自己的名字，但是关于这件事情的真正的回忆，其实是被后人不断地阐述或不断地回忆所建立起来的。中国诗人是不是对于消逝的东西，有一种不断去感受的冲动？他们在经历这些回忆的时候，不断感受到那些消逝的时间，不断感受到曾经在这里留下过诗句的人，他们已经消失，但后人却沉浸在这种“消逝”的美学里面？

商伟：你说得很好。关于李白题写黄鹤楼的这些叙述的确都是后人建构起来的，这一点毫无疑问。我甚至并不认为《醉后答丁十八》那首诗一定就是李白写的，也许是后人写的。但即便是后人写的，作者也是处在诗歌文化的共同语境里面，他演绎的是同样的逻辑。这个逻辑是成立的，而且它大于个人，究竟是谁写的，没有太大的关系。他们同属于一个共享的诗歌文化，这个诗歌文化里面有诗作本身，也有关于诗作的叙述和解释。这个解释有时候是通过讲故事的方式，通过重构诗歌写作“本事”的方式来实现的。我觉得麻烦的是，我们现在有时把作者问题想得太严重了，而事实上却常常是不确定的。王夫之说李白集子里的诗十之八九是伪作，他随便这么说了一句，不需要什么举证。这当然不足为据，可是我们今天搞得过于认真，恐怕也有问题。我们习惯从作者生平传记的角度，来解读他的诗歌作品。有没有道理呢？当然有道理，但如果当作是唯一的道理，就过犹不及了。一篇作品，在作者身份不明的情况下，也是可以讨论的，就看你怎么讨论，对它提怎样的问题了。说得极端一点，只有在不知道作者的情况下读诗，才是对读者阅读能力的真正考验。你务必从诗里——短短的几行文字中——读出东西来，而不是躲在作者的传记背后，顾左右而言他。有的时候我不免有些怀疑“诗的国度”

这样的说法，因为听上去我们好像对诗人的生平故事更感兴趣，往往不过是把诗当作传记故事来读罢了，或者借着诗人传记来带动对诗歌的阅读和理解。而这些诗歌真正的精彩之处很可能指向别处，我们却视而不见，读不出来。实际上，即便是诗歌文本与作者经历之间的关系，也总是非常复杂的，不能把话说得那么死。李白那一年人生失意，心情沮丧，就写不出欢快的诗吗？对自己身边的朋友，我们会这样说吗？肯定不会的。但为什么一旦说到文学史，就变得如此头脑简单甚至不近情理呢？就好像我们把所谓的“文学史”封存在一个另类的空间里面，用了另外一套逻辑对它做出叙述，为的是我们简陋的传记解释能够成立。这样的做法是很成问题的。

关于诗歌写作的“本事”往往出于后来者之笔，是他们通过回顾或“回忆”重构出来的，而实际上所谓的回忆也是对过去的诗歌和有关诗歌写作的逸事传闻的一种解释和发挥。这的确如你所说是一种“消逝”美学，不断回到永远不可重复的过去瞬间，从中衍生出新的叙述，也为后来者的诗作提供了一个话题。他们通过与过去建立联系，通过加入一个书写系列，超越自身所处的有限时空，并且赋予当下的存在一种意义。

但我说到李白的“黄鹤楼情结”，李白与崔颢的竞争，主要的依据不是后来的这些叙述，而是李白自己的诗作。因为他除了写《登金陵凤凰台》，还有《鹦鹉洲》等作品。此外，他还留下大量关于黄鹤楼或以黄鹤楼为背景的诗篇。

在讨论后来重构的叙述时，我关心的是叙述背后的文化逻辑和诗学逻辑。

曾守正：谢谢。接下来还有没有哪位师友？

来宾：老师您好，我是政大中文系博士生。刚听老师以黄鹤楼的书写作为例子，我联想到钱锺书先生在《宋诗选注·序》里头，他说到唐宋诗的转变时好像也谈到了影响焦虑，那就是诗歌的可能性都已经被尝试得差不多了。这个黄鹤楼的事件，如果我没有记错，应该是计有功的《唐诗纪事》提到了“眼前有景道不得”。这是宋人笔记提到的事情。但从李白要捶碎黄鹤楼，到新图粉壁，似乎反映了唐以后就开始面对一个既有题材的书写遇到的窘境，所以诗人不断尝试去翻转它，比如像杜甫可能去开拓新的对生活细节的描写等等。除了开拓新的题材，旧的题材要怎么样去点染？我想通过黄鹤楼的书写，从不断延伸次主题到后来不再去模仿，更多好像是翻案，才让书写得以继续下去。所以说，那首《答丁十八》是不是李白写的，的确像您所说，未必那么重要。不过这中间似乎反映出，至少到了唐代的时候，大家已经开始意识到，如果我们继续写诗的话，我们该怎么样让这活动可以不断往下延伸，这里有一种很强的焦虑感。

商伟：是这样的，宋代诗人的压力很大。钱锺书先生在他《宋诗选注》的长序中，提到古希腊的亚历山大大帝在东宫时，每次听到父王在外面打了胜仗，就不免要发愁，担心父王开疆拓土，把天下都打了下来，等到他继位，就英雄无用武之地了。宋人正处在这样一个位置上，所以江西诗派讲活法，要夺胎换骨，要点铁成金，等等。他们的基本做法，常常就是做翻案文章，在文字上下功夫，从文本的内部，把从前的作品颠倒过来、翻转过来。实际上，唐代的诗人，尤其是杜甫之后，就已经感受到了这样的压力。在诗歌史上，从什么时候开始，“过去”变成了一个负担？稍早一些时候，公认的名篇像崔颢的《黄鹤楼》诗，也已经被李白视为压力的来源了。这首《黄鹤楼》诗是当时选本的宠儿，风行一时，有谁还敢再写一首黄鹤楼诗去跟它竞争呢？李白感到压力，其他人也感到压力。到了宋代，有了江西诗派，核心就是这个问题，他们要为自己开拓一个生存的空间。我们今天对于江西诗派批评为多，说他们从已有的诗作中，翻造诗作，反向模仿，避坑落井，终归还是跳不出如来佛的掌心。你尽可以批评他们好了，但你不能不承认，江西诗派的这一套办法很厉害，而且自有来历。严羽说他们以文字为诗，以议论为诗，以才学为诗。但是诗歌能不以文字为诗吗？诗歌除了文字以外，就一无所有。江西诗派在诗歌修辞学上有巨大的贡献，这在中国这样一个以“情志说”为诗学正宗的国度里，很容易被忽略，或被贬低。但修辞学一直是中国诗歌写作中的一个重要成分，连李白这样以天马行空而著称的诗人，实际上也是一位大修辞家，而且是一位古典主义的大修辞家。这样看起来，江西诗派并非凭空而来，它的代表人物以更自觉的方式，对诗歌实践做出了理论和方法上的总结，并且在诗学论述和实践领域中都拓展了文字修辞的维度。回过头来看，《诗大序》中的“情志说”倒更像是诗学的“神话”，有它绝对的必要性，也具有无可争议的正当性，但未必可以用它来说明实际情况。

我这样说，归根结底是要在“同情理解”与“批评距离”之间把握好一个分寸。借用冯友兰先生的话来说，对传统诗学的一些说法，既要“照着讲”，也要“接着讲”。而既然是“接着讲”，迟早就会发现有一些讲不大通顺的地方。实际上，即便是“照着讲”，也避免不了这个问题。当然，个中人很可能还是能够自圆其说的，在局外人看起来不能拐弯的地方，拐一个弯儿，接着往下说。作为现代学者，我们首先要弄清楚他们是怎么拐弯的，更重要的是，为什么这个弯儿非拐不可。这就是我们发现问题的地方。另外，这样一套规范性的论述，是用来评判诗歌写作的，而不是用来描述诗歌写作的。越具有合法性的叙述，越可能悬浮在现实之上，而缺乏对实际情况的解释力。这也是我们发现问题的地方。

我们经常听到学生抱怨，说没有题目可以写，其实是没有问题。不是题目写光了，而是提不出问题来了。复述前人的说法当然很重要，否则不能深入其中，但只是深入其中，而不能超乎其外，同样也不能了解自己的研究对象。传统的“情志说”的确很强大，但它没有给修辞学留下余地。所以我说它是一种悖论式的诗学，是反修辞学的诗学。

如果我们平常都这样来讲诗，那结论是现成的：谁的情感最真诚，谁就是最伟大的诗人。有关即景诗的前提假定也大有讨论的空间。即景生情、“从心所造”的当下在场写作固然很好，但它更是一个好听的故事。在“情志说”的语境中，人人听了点头，可是我们知道，这样一个叙述所揭示的真相恐怕远不及它所遮蔽的多。在诗歌写作中真正起作用的，很可能是另外一些东西。

《牡丹亭》里的私塾老师陈最良解读《诗经》的办法，就是重复《诗经》里的语言，重复一首诗的每一个字。所以他永远也读不懂《诗经》，甚至不知《诗经》为何物。唯有在我们通常以为理所当然、天经地义的地方发现问题、提出问题，才有可能真正理解传统，并且与之对话。谢谢！

曾守正：很感谢商老师，他充满想象力，又擅长掌握文本的肌理，有一些袁行霈先生和林庚先生对中国诗文诠释的灵动性，又有一些西方汉学家从他者角度观看中国文学作品而生发的创造性诠释，让我感到非常充实愉快。有时候美好而略带遗憾的结束，倒是一个期待美好想象的开始。我们这周还有两场讲座，欢迎各位莅临！再次谢谢商老师！

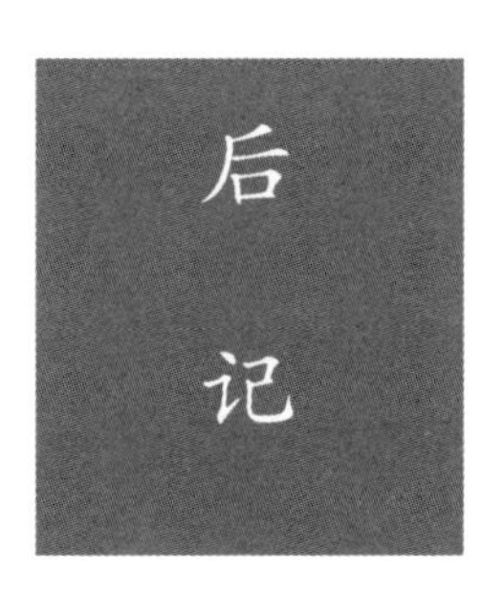

2016年底，我荣幸地应邀前往台湾政治大学，担任王梦鸥教授学术讲座的主讲人。这一讲座设立于2005年，以纪念中文系的创始人之一王梦鸥教授。作为主办方的中文系，每年邀请一位海内外学者，主讲三场公开的学术讲座。我近年来主要从事明清小说戏曲的研究，所以原打算围绕一个主题，分别讲三部章回小说。但想来想去，最后还是决定讲唐诗。算是重操旧业，回归我的老本行，对于这么多年在这方面教导、关心我的师长和学友，也可以有一个交代。这本小书就是根据讲座第一讲的记录稿整理、扩充而成的。

决定讲唐代的"题写名胜"这个题目，还有一个原因：我曾经就这个题目作过两次学术报告。重拾当年的讲稿，把我带回到二十年前。那是1999年春天在波士顿举行的第五十一届美国亚洲协会的年会。当时，罗秉恕（Robert Ashmore）教授已在加州大学伯克利分校任教。为了这次年会，他在前一年的夏天开始组织一组论文，标题是《Poetry in Motion：New Approaches to Tang Lyric》。主题有了，他邀我加盟，我难以推辞，当然也乐得促成其事，于是提交了一篇《History of Obsession：Li Bai and Yellow Crane Tower》。题目上的obsession，强调的是李白执念于崔颢的《黄鹤楼》诗，反复纠缠，不肯放手。由此引出了拥有、占有与控制（possession）的问题，以及先行者以一首名篇占据一处名胜的说法。这是那篇报告的两个主要观点。

2001年9月中旬，我参加了在捷克首都布拉格举办的一次中国诗学讨论会（Understanding Chinese Poetics：Recarving the Dragons）。这次会议是由哥伦比亚大学与查理大学（Charles University）联合主持召开的。借着这个机会，我又对这篇稿子做了一番修改和补充，改题为《Poetry Written on the Wall：Li Bai and Yellow Crane Tower》，把重点放在了题壁诗上。

那次会议聚集了来自世界各地的学者，规模不小，筹备多时。可是召开的前几天，发生了“9·11”事件。一时间航班大乱，几乎未能成行。开会期间，我们在布拉格街头漫步、游逛、聊天、听音乐会，一切如常。回到纽约后，才骤然意识到，一周之内，天下大变，我们进入了“后9·11”时代。

布拉格的诗学会议之后，我把稿子放在了一边，这一放就是十几年。其间也偶然有人问起，但终因无暇顾及而作罢。

因为接受了政大的邀请，我准备了一份一个半小时的讲稿。讲座结束后不久，就收到了中文系传来的记录稿。根据讲座的要求，我应该将三讲中的一讲整理成文章，发表在《政大中文学报》上。此外，三篇讲稿结成一本小册子出版。我随即开始修改第一讲，可没想到越改越长。交给《政大中文学报》的时候，已经有四万多字了，严重超出了规定的篇幅，但意犹未尽。

摆在读者面前的这本小书，不过十三万字的篇幅。一篇同等规模的长文，读起来多有不便。细分章节，改成一本小书来读，但愿还好。

关于这本书的主旨，我在王梦鸥教授学术讲座的介绍中是这样说的：

> “题写名胜”，一方面与书写、题写（包括题壁和题诗版的方式）、题名命名、物质媒介、建筑空间和历史记忆或历史想象密不可分，另一方面也涉及诗歌写作与表演、观众（拟想的和真实的观众），以及诗歌阅读、叙述传闻与纪念性建筑之间的互动关系。总之，以崔颢的黄鹤楼诗和李白的凤凰台诗为契机，形成了诗歌题咏和传闻书写的孵化器：对这两首诗的语境化阅读，附着上一系列相关诗作和逸闻传奇，广涉不同的形式和媒体，乃至衍生出了建筑和其他形式的物质“见证”。
>
> 但是，题写名胜的诗歌却并不依附于名胜的物质

形式而存在。相反，哪怕地标性建筑本身已面目皆非，甚至无复存在了，登楼诗和登台诗仍然照写不误。有关的叙述传闻，也依旧我行我素，并不因此而中断。这是一个关于书写文化的个案故事：有关黄鹤楼和凤凰台的诗作传闻，具备了不断衍生的机制，从文字中自我再生并自我完成。

我希望小题大做，以小见大，从一个具体的个案（从崔颢的《黄鹤楼》到李白的《登金陵凤凰台》）和一类文学现象（题写名胜）入手，对古典诗学的一些重要的相关说法，做一次巡礼，逐一加以检验。在这个基础上，探索如何重建中国古典诗学。

与《政大中文学报》发表的那一稿相比，我在书稿中增补了“名胜被占领之后：即景诗与缺席写作”“‘物色分留待老夫’：杜甫对先行者的回应”“名胜的文本化与文本化的名胜”和“尾声：从搁笔到题诗”这几部分，总的篇幅增加了一倍多。增改的部分主要包括两个方面：

一是在原稿讨论杜甫题写岳麓山道林寺处，增补了更多的史料。我借助道林寺题诗的例子，来重述先行者以诗篇占据名胜的故事，并与题写黄鹤楼的个案加以比较。它们之间同中有异，而相形之下，道林寺的情况更复杂，也更有助于揭示题壁诗的背后，究竟发生了什么。例如，在题写名胜的诗歌系列中，唐代的诗人占据了怎样的地位；在后来者的心目中，他们各自的位置又是如何升降沉浮的；在这个过程中，哪些因素起了作用？谁扮演了什么角色？这些都正是文学史的题中应有之义。

二是以唐代题写名胜的题壁诗和即景诗的个案分析为基础，对古典诗学的一些相关理论做了一次回顾。其中包括“情志说”“物色说”“彰显说”“直寻说”等等，并且重点讨论了关于即景诗写作的前提假设和价值判断。在我看来，以即景诗为依据的诗学论述，构成了中国古典诗歌理论的一个重要核心。

总之，我保留了原稿中对诗歌文本的细读，不过略做补充而已，但大幅度地充实了诗歌史的描述和文学批评的论述。而文本细读原不同于时下的“作品鉴赏”，也是为了从诗歌中读出问题来，因此，与文学史和文学批评是殊途同归的。我相信这三者之间可以相互生发，并且最终结合起来，融为一体。

这本小书得以顺利出版，首先要感谢政大的林启屏、曾守正和廖栋梁教授的邀请和敦促。没有他们为我提供这次机会，二十年前的那一篇会议论文还不知何时能够完成。抱歉的是，第二讲和第三讲的记录稿还在整理和改写当中，但迟早会交稿的。承蒙《政大中文学报》编辑部同意，本书收入了发表在 2017 年 12 月第 28 期上（第 5—62 页）的同题论文。我要感谢政大中文系助教张月芳女士的多方协助与安排，感谢陈可馨助理和黄佳雯同学为文稿的校对所付出的辛劳。哥伦比亚大学东亚系的博士生张一帆和杨中薇为我核对了简体字版的字体、格式，以及部分引文和图片的出处，华东师大中文系博士后林莹女士、北京语言大学的林静女士通读了全书的修订稿，并且提出了许多有益的建议，也在此一并致谢！大家现在看到的这个简体字版，是在繁体字版的基础上补充增改而成的。为此，我要特别感谢三联书店的冯金红女士和责任编辑杨乐女士。《题写名胜》是《重读唐诗》系列的第一本，而这个总标题是冯金红女士为我拟定的。从我个人的角度来看，再贴切不过了。多年后回到唐诗，在我来说，的确是一次重读的经验，也是一个重新学习和重新思考的机会。

简体字版收入了一些相关的图绘、地图（包括示意图）和书影。它们与文字论述相互生发参照，对于理解题写名胜这一现象，多有启迪之处。在图版方面，承蒙杨乐女士为我落实出处，同时得到了香港中文大学的许晖林教授和台湾“中研院”史语所的陈熙远研究员的协助。此外，我也要感谢哥伦比亚大学东亚图书馆中文部的王成志主任和湖北省地方志编撰委员会的司念堂主任，他们为我提供了一部分有关的方志材料。

承蒙北京大学的钱志熙、复旦大学的陈尚君和南开大学的卢燕新教授审阅本书的初稿，并提供了修改建议。陈尚君教授在回信中提醒我注意中晚唐诗人题写道林寺的诗作。此前，在香港中文大学举办的一次会议期间，听他谈到对《云溪友议》的评价，也让我受益匪浅。

许多师友对我前后三次所作的报告做过回馈。记得今年早些时候过世的赵昌平先生，当时任上海古籍出版社的总编辑，也应邀出席了2001年的布拉格会议。他在评论我的报告时，表示赞成“强力诗人”李白和他的“黄鹤楼情结”这样的说法，而且他本人也写过一篇论文，讨论李白的“司马相如情结”。这是另一个例子，不难见出李白不甘居人下的强势心态，是一位真正的“强力诗人”。回想会议期间，我们曾一起漫步聊天，当时的情景，仍如在目前。值此讲稿成书之际，谨将《李白的“相如情结”——李白新探之二》一文收入注释和参考书目，作为我对他的一个纪念。

我在北京大学中文系攻读硕士学位时，师从袁行霈教授，治魏晋南北朝隋唐诗歌史。后来虽转入明清小说戏曲的领域，但对古典诗歌的兴趣和热忱并没有发生改变。我在美国读博士学位期间，也受益于宇文所安教授的多方指导。我希望借此机会，向他们致最诚挚的谢意！

2016年的台北之行，除了与旧友重聚，并结识了新的朋友，还带来了一个意想不到的收获：因为承担王梦鸥教授学术讲座，我仔细地读了一遍他的生平介绍，这才发现，原先他与林庚先生曾经在厦门大学共事达七八年之久！

我知道林庚先生在1937年卢沟桥事变后，一度被困在北平，脱身后于9月辗转抵达厦门大学。而面临日军战火的威胁，厦门大学不久即迁往长汀山区，直到1946年的夏天才返回厦门。先生也因此在长汀一住就是八年多。曾经听先生说起，长汀的自然风光异常壮丽，但物质条件却极度匮乏，还不时遭受日军飞机的轰炸，生活艰苦动荡。但厦大十年又正是林先生学者生涯的一个收获期，不仅完成了屈原研究和中国文学史的重要著作，教学上也渐入佳境。我还记得先生说到，他们当年在长汀作诗、办刊物、写剧演剧、打篮球、拉二胡，竟然在偏僻的穷山沟里过得风生水起，好不精彩。这是另一个版本的西南联大的故事，可惜知道的人不多。而我本人直到这次台北之行才了解到，林先生当年的厦大同事中，有施蛰存教授、郑朝宗教授，还有一位，正是学者兼剧作家的王梦鸥教授。

这一发现，无心偶得。对我个人来说，却弥足珍贵。我想起了先生在长汀写下的《秋之色》：

像海样的生出珊瑚树的枝，
像橄榄的明净吐出青的果。
秋天的熟人是门外的岁月，
当凝静的原上有灵星的火。

青蓝的风色里早上的冻叶，
高高的窗子前人忘了日夜。
你这时若打着口哨子去了，
无边的颜料里将化为蝴蝶。

岁月流转，物换星移，又是一年秋风起。抚今追昔，不胜感念，是以为记。

2018 年 9 月 25 日于曼哈顿

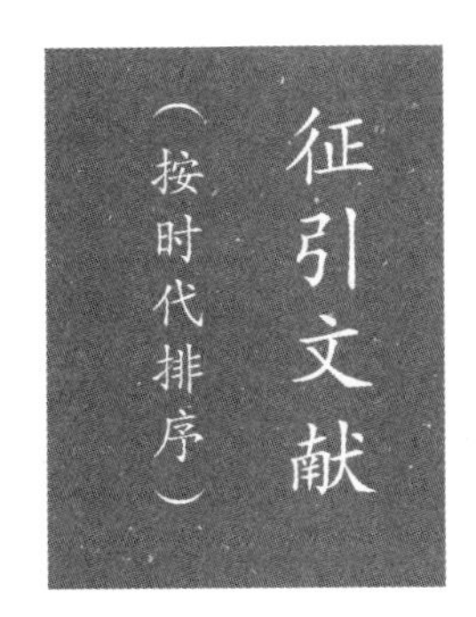

专著

［汉］毛亨传，［汉］郑玄笺，［唐］孔颖达疏：《毛诗正义》，收入［清］阮元校刻：《十三经注疏》，北京：中华书局，1980 年。

［汉］陆贾著：《新语》，收入张元济主编：《四部丛刊初编》第 320 册，上海：商务印书馆，1922 年。

［汉］扬雄著，汪荣宝撰，陈仲夫点校：《法言义疏》，北京：中华书局，1987 年。

［魏］王弼、［晋］韩康伯注，［唐］孔颖达疏：《周易正义》，收入［清］阮元校刻：《十三经注疏》，北京：中华书局，1980 年。

［梁］沈约撰：《宋书》，北京：中华书局，1974 年。

［梁］萧子显撰：《南齐书》，北京：中华书局，1972 年。

［梁］萧统编，［唐］李善注：《文选》上册，北京：中华书局，1977 年。

［梁］刘勰著，范文澜注：《文心雕龙注》，北京：人民文学出版社，1962 年。

［梁］钟嵘著，曹旭集注：《诗品集注》，上海：上海古籍出版社，1994 年。

［唐］王勃，［清］蒋清翊集注著：《王子安集注》，上海：上海古籍出版社，1995 年。

［唐］沈佺期、宋之问著，陶敏、易淑琼校注：《沈佺期宋之问集校注》，北京：中华书局，2001 年。

［唐］孟浩然著，佟培基笺注：《孟浩然诗集笺注》，上海：上海古籍出版社，2000 年。

［唐］王维著，陈铁民校注：《王维集校注》，北京：中华书局，1997 年。

［唐］李白著，［清］王琦注：《李太白全集》，北京：中华书局，1957 年。

［唐］李白著，郁贤皓校注：《李太白全集校注》全 6 册，南京：凤凰出版社，2015 年。

［唐］杜甫著，［清］仇兆鳌注：《杜诗详注》，北京：中华书局，1979 年。

［唐］杜甫著，［清］浦起龙注：《读杜心解》，北京：中华书局，1978 年。

［唐］杜甫著，萧涤非主编：《杜甫全集校注》全 12 册，北京：人民文学出版社，2014 年。

［唐］杜甫著，谢思炜校注：《杜甫集校注》全 7 册，上海：上海古籍出版社，2016 年。

［唐］独孤及著：《毗陵集》，收入张元济主编：《四部丛刊初编》第 661 册，上海：商务印书馆，1922 年。

［唐］韩愈著，马其昶校注，马茂元整理：《韩昌黎文集校注》，上海：上海古籍出版社，1986 年。

［唐］刘禹锡著，卞孝萱校订：《刘禹锡集》，北京：中华书局，1990 年。

［唐］白居易著，谢思炜校注：《白居易诗集校注》，北京：中华书局，2006 年。

［唐］段成式著：《酉阳杂俎》，北京：中华书局，1981 年。

[唐] 范摅著：《云溪友议》，收入上海古籍出版社 编：《唐五代笔记小说大观》，上海：上海古籍出版社，2000 年。
[唐] 冯贽著：《云仙杂记》，收入 [清] 纪昀、永瑢等编：《景印文渊阁四库全书》第 1035 册，台北：台湾商务印书馆，1983 年。
[五代] 齐己著，王秀林校：《齐己诗集校注》，北京：中国社会科学出版社，2011 年。
[后晋] 刘昫等编（实为后晋赵莹主持编修）：《旧唐书》，北京：中华书局，1975 年。
[宋] 王象之著：《舆地纪胜》，杭州：江苏古籍刻印社，1991 年。
[宋] 李昉等编：《文苑英华》，北京：中华书局，1966 年。
[宋] 林希逸著：《竹溪鬳斋十一稿续集》，收入 [清] 纪昀、永瑢等编：《景印文渊阁四库全书》第 1185 册，台北：台湾商务印书馆，1983 年。
[宋] 胡仔著：《苕溪渔隐丛话》，北京：人民文学出版社，1962 年。
[宋] 张栻著：《南轩集》，收入 [清] 纪昀 、永瑢等编：《景印文渊阁四库全书》第 1167 册，台北：台湾商务印书馆，1983 年。
[宋] 陈与义著，吴书荫 、金德厚点校：《陈与义集》，北京：中华书局，1982 年。
[宋] 普济著，苏渊雷点校：《五灯会元》，北京：中华书局，1984 年。
[宋] 杨万里著：《诚斋诗话》，收入丁福保辑：《历代诗话续编》上册，北京：中华书局，1983 年。
[宋] 葛立方著：《韵语阳秋》，收入 [清] 何文焕辑：《历代诗话》下册，北京：中华书局，1981 年。
[宋] 刘克庄著，王秀梅点校：《后村诗话》，北京：中华书局，1983 年。
[金] 元好问著，狄宝兴校注：《元好问诗编年校注》，北京：中华书局，

2011 年。

[元] 文天祥著：《文天祥全集》，北京：中国书店，1985 年。

[元] 方回选评，李庆甲集评点校：《瀛奎律髓汇评》上册，上海：上海古籍出版社，1986 年。

[明] 王嗣奭著：《杜臆》，上海：上海古籍出版社，1983 年。

[明] 田艺蘅著：《留青日札》，上海：上海古籍出版社，1992 年。

[明] 孙承荣等纂辑：《黄鹤楼集》，武汉：湖北人民出版社，1984 年。

[明] 何镗辑：《古今游名山记》，桂林：广西师范大学出版社，2009 年。

[明] 刘侗、于奕正撰：《帝京景物略》，北京：北京古籍出版社，1983 年。

[清] 金圣叹选批：《贯华堂选批唐才子诗》，收入 [清] 金圣叹著，陆林辑校整理：《金圣叹全集》第 4 册，南京：江苏古籍出版社，1985 年。

——：《贯华堂选批唐才子诗》，收入 [清] 金圣叹著，陈德芳校点：《金圣叹评唐诗全编》，成都：四川文艺出版社，1999 年。

[清] 李渔著：《李渔全集》，杭州：浙江古籍出版社，1992 年。

[清] 康熙敕编：《全唐诗》，收入 [清] 纪昀 、永瑢等编：《景印文渊阁四库全书》第 1424 册，台北：台湾商务印书馆，1983 年。参见《全唐诗》，北京：中华书局，1999 年。

[清] 沈德潜选编：《唐诗别裁集》，上海：上海古籍出版社，1979 年。

[清] 乾隆敕编：《御选唐宋诗醇》，收入 [清] 纪昀 、永瑢等编：《景印文渊阁四库全书》第 1448 册，台北：台湾商务印书馆，1983 年。

[清] 陈文述著：《颐道堂诗选》，收入《续修四库全书》编纂委员会编：《续修四库全书》第 1505 册，上海：上海古籍出版社，2002 年。

[清] 赵翼著：《瓯北集》，上海：上海古籍出版社，1997 年。

[清] 郑板桥著：《郑板桥集》，北京：中华书局，1962 年。

［清］吴其贞著：《书画记》，收入《续修四库全书》编纂委员会编：《续修四库全书》第 1066 册，上海：上海古籍出版社，2002 年。

［清］李锳著：《诗法易简录》，收入《续修四库全书》编纂委员会编：《续修四库全书》第 1702 册，上海：上海古籍出版社，2002 年。

［清］黄式度修，王柏心纂：《同治汉阳县志・地理略》，南京：江苏古籍出版社，2001 年。

［清］同治甲戌（1874）秋退补斋藏版《黄鹄山志》，收于故宫博物院编：《故宫珍本丛刊》第 268 册《峨眉山志・黄鹄山志》，海口：海南出版社，2001 年。

［清］黄遵宪著，钱仲联笺注：《人境庐诗草笺注》（上），上海：上海古籍出版社，1981 年。

王国维著，徐调孚注，王幼安校订：《人间词话》，北京：人民文学出版社，1960 年。

毛泽东著：《毛泽东诗词集》，北京：中央文献出版社，1996 年。

钱锺书著：《管锥编》，北京：生活・读书・新知三联书店，2001 年。

汪绍楹校注：《搜神后记》，北京：中华书局，1981 年。

张诚杰选编：《黄鹤楼诗词文联选集》，武汉：华中工学院出版社，1984 年。

徐明庭、李曼农选注：《黄鹤楼古今楹联选注》，武汉：武汉出版社，1990 年。

周裕锴著：《文字禅与宋代诗学》，北京：高等教育出版社，1998 年。

冯天瑜编：《黄鹤楼志》，武汉：武汉大学出版社，1999 年。

王河 、真理著：《宋代佚著辑考》，南昌：江西人民出版社，2003 年。

方伟华编：《黄鹤楼诗文》，长春：吉林摄影出版社，2004 年。

傅璇琮编：《古典文学研究资料汇编・黄庭坚和江西诗派卷》上下册，北京：中华书局，1978 年。

——：《唐代诗人丛考》，北京：中华书局，1980 年。

——：《唐才子传校笺》第 1 册，北京：中华书局，1989 年。

——：《唐人选唐诗新编》，西安：陕西人民教育出版社，1996 年。

袁行霈著：《中国诗歌艺术研究》，北京：北京大学出版社，1996 年增订版。

刘学楷著：《唐诗选注评鉴》，郑州：中州古籍出版社，2013 年。

郑毓瑜著：《引譬连类：文学研究的关键词》，台北：联经出版事业股份有限公司，2014 年 8 月第二版。

翁万戈著：《莱溪居读王翚长江万里图》，上海：上海书画出版社，2018 年。

Harold Bloom, *A Map of Misreading*, Oxford: Oxford University Press, 1975.

——, *The Anxiety of Influence: A Theory of Poetry*, Oxford: Oxford University Press, 1997.

Jacques Derrida, *Margins of Philosophy*, translated by Alan Bass, Chicago: The University of Chicago Press, 1982.

——, *Positions*, translated by Alan Bass, Chicago: The University of Chicago Press, 1981.

Wen Fong, *Beyond Representation: Chinese Painting and Calligraphy*, 8th–14th Century, Princeton Monographs in Art and Archaeology, no 48, New Haven, New York: Yale University Press, 1992.

Karatani Kōjin, "Discovery of Landscape," in *Origins of Modern Japanese Literature*, trans., Brett DeBary, Durham and London: Duke University Press, 1993.

David Palumbo-Liu, *The Poetics of Appropriation: The Literary Theory and Practice of Huang Tingjian*, Stanford: Stanford University Press, 1993.

Stephen Owen, *Traditional Chinese Poetry and Poetics: Omen of the World*, Madison: University of Wisconsin Press, 1985.

——, *Readings in Chinese Literary Thought*, Cambridge: Council on East Asian Studies, Harvard University Press, 1992.

Wu Hung, *A Story of Ruins: Presence and Absence in Chinese Art and Visual Culture*, Princeton: Princeton University Press, 2012.

期刊与专书论文

魏冬:《夏永及其界画》,《故宫博物院院刊》1984 年第 4 期。

范之麟:《唐代诗歌的流传》，收入中国唐代文学会 、西北大学中文系主办:《唐代文学论丛》总第 5、6 期，西安：陕西人民出版社，1984、1985 年。

罗宗涛:《唐人题壁诗初探》,《中华文史论丛》第 47 期，1991 年 5 月。

吴承学:《论题壁诗——兼及相关的诗歌制作与传播形式》,《文学遗产》1994 年第 4 期。

赵昌平:《李白的“相如情结”——李白新探之二》,《文学遗产》1999 年第 5 期。

马积高:《漫谈杜甫〈岳麓山道林二寺行〉有关的一些问题》,《求索》2000 年第 1 期。

陈熙远:《人去楼坍水自流——试论坐落在文化史上的黄鹤楼》，李孝悌 主编:《中国的城市生活》，台北：联经出版事业股份有限公司，2005 年。

陈增杰:《黄鹤楼四题》,《温州大学学报》(社会科学版)第 20 卷第 3

期，2007 年 5 月。

陈文忠：《从“影响的焦虑”到“批评的焦虑”——〈黄鹤楼〉〈凤凰台〉接受史比较研究》，《安徽师范大学学报》（人文社会科学版）第 35 卷第 5 期，2007 年 9 月。

杨艳红：《王安石〈唐百家诗选〉研究》，西北大学硕士学位论文，2008 年。

张倩：《王安石〈唐百家诗选〉版本源流考》，《东方丛刊》2009 年第四辑，总第七十辑。

施蛰存：《黄鹤楼与凤凰台》，《名作欣赏》总第 26 期，1985 年第 1 期；又收入施蛰存：《唐诗百话》，上海：华东师范大学出版社，2011 年。

陈裴：《〈王荆公唐百家诗选〉版本源流考述》，《南阳师范学院学报》第 11 卷 11 期，2012 年 11 月。

沈文凡 、彭伟：《〈黄鹤楼〉诗的接受——以崔李竞诗为中心》，《燕赵学术》2009 年第 1 期；又收入沈文凡：《唐诗接受史论稿》，北京：中国出版集团现代出版社，2014 年。

陈熙远：《长江图上的线索：自然地理与人文景观的历史变迁》，《历史语言研究所集刊》85.2（2014 年 6 月）。

陈尚君：《范摅〈云溪友议〉：唐诗民间传播的特殊记录》，《文学遗产》2014 年第 4 期。

周斌：《唐宋诗牌与诗歌题写及传播》，《中国海洋大学学报》2015 年第 6 期。

方胜：《崔颢影响了李白，还是李白改变了崔诗？——〈黄鹤楼〉异文的产生、演变及其原因》，《中国韵文学刊》第 30 卷第 4 期，2016 年 10 月。

Stuart Sargent, “Can Latecomers Get There First? Sung Poets and T’ang Poetry,” *CLEAR* 4, 1982.

Pierre Ryckmans,"The Chinese Attitude toward the Past," *Papers on Far Eastern History* 39, 1989.

F.W. Mote, "A Millennium of Chinese Urban History: Form, Time and Space Concepts in Soochow," *Rice University Studies* 59, 1990.

Stephen Owen, "Place: Meditation on the Past at Chin-Ling," *Harvard Journal of Asiatic Studies* 50, 1990.

——, "Singularity and Possession," *The End of the Chinese Middle Ages: Essays in Mid-Tang Literary Culture*, Stanford: Stanford University Press, 1996.

Oscar Wilde, "The Critic as Artist, Part Ⅱ," *Oscar Wilde: The Major Works*, ed. Isobel Murray, Oxford: Oxford University Press, 2000.

Eugene Y. Wang, "Tope and Topos: The Leifeng Pagoda and the Discourse of the Demonic," *Writing and Materiality in China*, ed. Judith Zeitlin and Lydia Liu, Cambridge: Harvard University Asia Center, 2003.

Jonathan Hay, "The Reproductive Hand," *Between East and West: Reproductions in Art*, a special issue of *Artibus et Historiae*, ed., Shigetoshi Osano, 2013: 319-333.

会议论文集

杨玉成:《文本、误读、影响的焦虑:论江西诗派的阅读与书写策略》,收入辅仁大学中国文学系、中国古典文学研究会主编:《建构与反思——中国文学史的探索学术研讨会论文集》,台北:台湾学生书局,2002年。